Litprint 83

18.80 9.80

René Regenass, geboren 1935 in Basel. Matur, anschliessend drei Semester Studium der Germanistik, Geschichte und Romanistik an der Universität Basel. Reisen und verschiedene Berufe. Heute Redaktor einer Werkzeitschrift.

Werke:
- 1969 "Der Besuch blieb meist über Nacht", Prosa, Bern und Zürich
- 1969/1972 "Wer kennt den Mann?" Hörspiel, Radio Basel, Österreichischer Rundfunk
- 1971 "Wir haben das Pulver nicht erfunden, uns gehören nur die Fabriken", Texte, Lenos Presse, Basel/Halten
- 1972 "Vivisektion", Gedichte, ausgezeichnet mit dem Lyrikpreis des Kantons Baselland
- 1972 "Hinten lang, vorne kurz", Einakter, Uraufführung Basel
- 1972 "Alle Wege bodenlos", Erzählungen, Basel
- 1973 "Die Macher", Einakter, Uraufführung Basel
- 1973 "Der Weg", Erzählung, Anthologie Kurzgeschichten-Kolloquium Neheim-Hüsten

René Regenass

Wer Wahlplakate beschmiert, beschädigt
fremdes Eigentum

Band 83 der Reihe Litprint
Lenos Presse, Basel

Copyright 1973 by Lenos Presse, Basel
Alle Rechte vorbehalten
Satz: Lenos Presse
Gestaltung: Konrad Bruckmann
Printed in Switzerland
ISBN 3 85787 019 2

Bajazzo — wer ist das?

Der Spassmacher bei den Seiltänzern und Akrobaten. Seine Kleidung ist weiss und schlampig weit; er trägt hohen Spitzhut und Halskrause.

Der kleine Brockhaus

ID. Teil

1

Fly now, pray later.

Wie der Spiegel blind ist. Voll schwarzer Pickel. Als hätte einer Kohlenstaub daraufgepustet.

Ich erinnere mich: beim ersten Mal, da war der Spiegel noch in Ordnung. Bis nach aussen hin. Eine wunderbare Fläche. Die Gesichter der Eintretenden waren gleich auszumachen.

Hat es einen Sinn, daran zu denken?

Man sollte in einem Wirtshaus nicht allein an einem Tisch sitzen. Das fördert bloss den Trübsinn. Da beginnt der Film: verwackelte Bilder, Giesskannenregen, dann wieder alles gestochen scharf, Rückblenden, die lieber vergessen worden wären. Ein seltsamer Regisseur war hier am Werk. Oder die Cutterin hat zuviel zerschnitten, zum Schluss. Wie hätte man denn das Drehbuch geschrieben, falls einer gekommen wäre, damals, und gesagt hätte: Machen Sie das selbst, so wie Sie es für gut finden? Einiges wäre daraus verschwunden. Je älter der Mensch, desto amputierter seine Illusionen. Warten wir den Abend ab. Es steht manches bevor.

Wie lange ist das eigentlich her, als wir noch riefen, wenn sich spätabends die Wirtshaustür öffnete: Sieh, da kommt der Charly, der Reifencharly. Hat wieder einmal irgendwo was aufgestöbert. Bei Lottner, für fünf Franken und für fünfzehn verkauft.

Lassen wir den Schutt der Jahre darüber.

Im Lokal ist alles nur noch schummrig zu erkennen. Wabbelige Gestalten. Dass Hermann nicht endlich einen neuen Spiegel anschafft und an die Wand hängt. Weil es ihm keiner sagt? Ich werde es ihm sagen. Jetzt.

Hermann, rufe ich.

Hermann ist nicht da, sagt die Serviertochter.

Wessen Tochter überhaupt?

Hermann kommt aus Deutschland. Vielleicht heisst er deshalb Hermann und nicht Xaver oder so.

Schliesslich leben wir am Dreiländereck, sagt Hermann jedesmal, wenn man ihn auf seine Herkunft anspricht. Und, fügt er in seinem unleugbar württembergischen Dialekt hinzu, seine Muttersprache soll man nicht leichtsinnig aufgeben.

Da sind wieder die Bilder. Durchzechte Nächte:

Meine Herren, es ist Polizeistunde, schon zwanzig Minuten darüber, bitte gehen Sie.

Dann Rolläden runter, Tür dicht gemacht.

Nun sind wir eine geschlossene Gesellschaft. Und eine geschlossene Gesellschaft ist keine Kundschaft, und weil sie keine Kundschaft ist, kann auch niemand wegen der Polizeistunde reklamieren. Wir sind privat hier, mit einem Wort.

Nun ja, also.

Wie gesagt: da liegen Jahre dazwischen wie geologische Schichten. Versteinert im Gedächtnis.

Wir sind nicht jünger geworden. Das Haus hat eine lange Vergangenheit. Im letztjährigen Stadtführer werden ihm zwei Seiten gewidmet. 'Zum Samson', eines der ältesten Wirtshäuser der Stadt.

Bruno, der Buchhändler, sagte, dieser Artikel habe Hermann ganz schön Auftrieb gegeben. Jeden Abend sozusagen bis auf den hintersten Platz besetzt, seither.

Gratispublicity.
Das Buch musste nachgedruckt werden.
Über fünftausend Exemplare wurden verkauft.
Ein bemerkenswerter Erfolg.

(Antwort aus einer Umfrage: Ja, mit dem Stadtführer machen wir zur Zeit ein gutes Geschäft.)

Ein Hit, den niemand vorausgesehen hatte.

(Aber da war kein saft- und kraftloser Historiker am Werk, hier schreibt einer, der weiss, wie Leute am romantischen Gängelband verdrängter Jugendträume durch rissige Quartiere zu führen sind; geplante Melancholie eines gewitzten Texters mit Konzeptionsflair.)

Immerhin: Hermanns Küche ist auch zu loben.

Wir rechnen es Hermann hoch an, dass er uns den Stamm am ersten Mittwoch jedes Monats freihält. Seit je. Komme, wer da wolle, sagte er, dieser Tisch bleibt selbstverständlich für Euch reserviert. So war das. So ist es noch. Warum duzen wir Hermann nicht?

Charles sagt jedesmal, in seiner maniriertlässigen Tonart: Sind wir wieder einmal beisammen im Motel des Mittelalters.

Charles ist Kunstmaler.

Ich sitze also vor einem Bier und blicke in den Spiegel. Hin und wieder drehe ich den Kopf, damit das Genick nicht steif wird. Das Restaurant sollte tatsächlich renoviert werden. Sieht aus wie der Speisesaal auf einem alten Liniendampfer, sagte Charles.

Immer wieder Charles.

Er hat recht: das Lokal ist heruntergekommen, verbraucht. Ein Tresen mit Messingbeschlägen. Rissiges Holzgetäfer den Wänden entlang.

Die Augen suchen die Bullaugen.

Dabei gibt es in der Nähe eine Schifferkneipe. 'Fallreep'. Mit zwei e wie Reeperbahn. Mit einem Fischernetz über dem Klavier. Mit Papierfischen hinter dem Glas der Bullaugen. Mit einem richtigen Steuer mitten im Raum. Und so fort.

Bei Hermann findet man dafür alte Bilder. Echte Stiche, sagt Hermann voll Stolz und deutet mit dem kurzen Zeigefinger darauf.

Das Rahthaus zu Basel, Das Spaalenthor, Der Kornmarckt hängen zum Beispiel an der Wand, Schloss Sanssouci und Unter den Linden –

Da ist die Chaussee 'Unter den Linden' noch Schauplatz feierlicher Einzüge des königlichen Hauses und seiner fürstlichen Gäste sowie des siegreichen Heeres. Der Hauptverkehr spielt sich an der Ecke Friedrichstrasse ab, in den Nachmittags- und Abendstunden herrscht besonders auf der Südseite ein reges Treiben. Die häufig die Linden durcheilenden kaiserlichen Automobile sind elfenbeinfarbig und fallen durch ein melodisches Trompetensignal mit unverkennbarem Zweiklang auf, und bei den Wagenausfahrten des Kaisers sitzt neben dem Kutscher – mit breiter Adlertresse am Hut – der Feldjäger mit Federbusch.

Das ist auch etwas. Schluss.

Sitze ich hier, um das Wirtshaus zu beschreiben?

Oder soll ich aus dem Kästchen an der Wand mir gegenüber das Stammtisch-Journal holen, darin blättern, als sei es der Nostradamus? Aber die Antworten würden fehlen, es gibt nur Antworten auf Vergangenes. Herrgott, müsste ich sagen, unsere Schrift ist auch nicht besser geworden, im Gegenteil, fahrig ist sie, bald zittrig. Da ständen Eintragungen über Wahlen, abgeschlossene Wetten, welche Partei schliesslich den Sieg davonträgt. Wetten, verlorene und gewonnene. Diesmal könnten wir auf einen Einzigen setzen, auf Harich. So sieht es doch aus. Wir werden heute nicht wetten, wer möchte schon einen andern Namen hinschreiben, sozusagen aktenkundig?

Die alten Häuser noch ...

Da hat es ein Männerchor doch leichter. Die Lieder sind übertragbar, über die Zeiten hinweg.

Die Innenflächen meiner Hände werden feucht. Gibt's bereits gezinkte Karten? Besser, ich gehe, verdufte. Nein, wir haben abgemacht, kneifen wäre feige, würde zu falschen Vermutungen Anlass geben; bleibe ich also, bis die andern kommen. Vielleicht wird dieser Abend zu einer langen Geschichte, die in unserem Journal, dem Wachstuchheft Format A5, keinen Platz mehr hätte. Das Misstrauen hat sich eingenistet.

Ich warte auf Bruno. Er kommt meist als erster. Kundschaft hin, Kundschaft her, um halb sieben wird bei mir geschlossen. Basta. Dann fehlen noch Albert und Charles. Albert kann man die Verspätung nachsehen. Als Redaktor – der Zeitschrift 'Woche' – hat er viel zu tun und obendrein unregelmässigen Dienst.

Merkwürdig ist allerdings schon, dass heute keiner kommt. Bis jetzt. Oder eben nicht merkwürdig, wie man's nimmt.

Es ist acht. Die Kuckucksuhr schlägt, der Vogel schnellt aus dem Gehäuse, im Uhrwerk rasselt die Feder. Der Stich 'St. Jakob an der Birs' zittert leicht nach. Das Lokal ist bumsvoll.

Nein, tut mir leid, hier ist besetzt.

Herrgottnochmal, die dürften nun wirklich kommen.

Spiegelein, Spieglein an der Wand – der Spiegel ist endgültig hinter den Rauchschlieren verschwunden. Ich mag nicht lesen, obwohl noch Zeitungen am Haken hängen. (National-Zeitung, Weltwoche, Wirte-Zeitung, Baslerstab und Alberts 'Woche')

Um halb acht haben wir uns jeweils getroffen. Wie gesagt, es gäbe allerhand zu besprechen: das Fest, die Wahlen in zehn Tagen, Harich mit seiner neuen Partei.

Ist er nun eine Gefahr oder bloss eine vorübergehende harmlose Erscheinung?

Der Ritt über den Bodensee.

Jeder kann sagen, was er will; schliesslich leben wir in einer Demokratie, wenn auch manche behaupten, es hätte schon genug subversive Elemente. Armeefeinde.

Hermann sagt manchmal: miesmachen.

Die Wörter kommen und gehen.

Sie bleiben in der Luft, nein: in der Erde, spriessen wie Quecken, wenn's soweit ist.

Also: Das wäre zu diskutieren gewesen. Vor allem mit Albert. An der Strippe der Informationen.

Der Wein hätte uns diesmal nicht anzuwärmen brauchen.

Da bringt mir die Serviertochter das zweite Bier. Übrigens: kein President.

Gleicht sie nicht Raquel Welch, mit dem fülligen Haar um den Kopf, den flammenden, züngelnden Strähnen, und dem grossen Mund? In der Bluse, deren oberste zwei Knöpfe bloss Verzierung sind, nie benützt werden, um den Kragen zu schliessen?

Das verzögert manchmal unser Gespräch.

Sterbender Schwan, sagte Charles, was keiner richtig begriff. Es stimmt schon: Albert sagt selten etwas. Antwortet nur auf Fragen. Letztes Mal sagte er allerdings unaufgefordert zu Hermann, dem Wirt: Sie lassen doch keine Neonschrift an die Fassade montieren, oder?

Hermann verwarf die Arme, die dicklichen Wülste.

Nein, nein, wie kommen Sie denn darauf? Das Haus steht unter Denkmalschutz. Dürfte ja gar nichts verändern ohne Bewilligung, muss im Sommer noch Geranien vor die Fenster stellen.

Vom Spiesshof aus zeigt der Gemsberg das fast unberührte Bild einer gotischen Stadt. Hinter dem Brunnen malerische Häuser in kräftigen, harmonischen Verhältnissen, gut instand gesetzt. Links in der Gasse das spätgotische Wirtshaus 'Zum Samson' mit Renaissanceportal und schönem Aushängezeichen; im Oberstock Saal mit eigenartigem Intarsientäfer. Stadtführer, Seite 64.

Schon gut, sagte Albert darauf, aber den Windfang könnten Sie vielleicht einmal verbessern.

Das zieht greulich. Durch die dicksten Wollsocken. Da wirbelt auch Staub herein, nimmt mit der Luft den Dampf über den Speisen weg. Der Windfang wäre verbesserungswürdig, wahrhaftig.

2

    Es geht los. Endlich. Erst Charles, dann Albert und zum Schluss Bruno. Vollständig verquere Reihenfolge.

    Nur keinen Ritus, sagt Albert. Jeder gibt eine Erklärung für die Verspätung.

    Du mit deiner Arbeitszeit, sagt Charles zu mir, ein Vermessungstechniker kann nur pünktlich sein.

    Mensch, werde wesentlich, sagt Bruno.

    Damit ist das Signal gegeben.

    So weit, so gut.

    Nun, da vor uns der Wein steht (Wein auf Bier, das rat' ich dir), sind alle Augen auf die Gläser gerichtet. Mit beiden Händen um das Glas wärmt sich Bruno den Weissen auf.

    Sonst macht mein Magen nicht mit, sagt er.

    Eine Sünde, bei wohltemperiertem Wein.

    Die Fröhlichkeit will nicht recht gedeihen, Krüppelwuchs.

    Habt ihr gestern Harich im Fernsehen gesehen? Frage von Albert.

    Unerwartet. Wir sehen einander an.

    Bruno und ich bejahen.

    Der Hamster füllt seine Backen, sagt Charles.

    Du bist nicht gefragt worden.

    Aber bitte nicht so laut.

    Wer ist denn da so ängstlich, auf einmal?

    Charles ist fein raus. Aus dem Schneider.

    Du mit deinem Plakat. Ein Abtrünniger. Apostat.

    Es ist fertig, sagt Charles, vorgestern habe ich die Augenbrauen hingepinselt und noch einige Retouchen angebracht. Endgültig Torschluss. Und schon kleckern die Vögel drauf.

    Aber das ist nicht mein Kummer. Sie wollten es ja im Freien, über der Autobahneinfahrt.

Wir heben die Gläser, trinken.

Vor einer Woche war ich dort. Charles steckte mir das Passepartout eines kranken Gehilfen zu. Das Gelände war lückenlos abgesperrt. Charles arbeitete unter einer riesigen, lichtdurchlässigen Zeltplane. So können von Anfang an die Lichtverhältnisse richtig eingeschätzt werden, hiess es. Der Nachteil: Das Plakat musste vor dem Winter fertig sein. Das Kultusministerium unterstützte Charles grosszügig. Neben einem festmontierten Gerüst verfügte Charles noch über eine elektrische Hebebühne. Damit konnte jeder Fleck der Tafel erreicht werden. Zurückschwenken: Das Bild Harichs auf Distanz.

Und was sagt ihr dazu?

Nun beginnen die Schwierigkeiten.

Warum hast du den Auftrag überhaupt angenommen? frage ich.

Inquisition, sagt Charles.

Sind wir gegen Harich? Wer?

Schwamm darüber, sagt Albert, der Wahlkampf steht erst bevor. Wir wollen uns nicht streiten.

Und so trinken wir denn alle einen Schluck. Horuck.

Ausspannen, nach des Tages Müh'.

Und noch einmal das Glas heben.

Vom Nabel an den Schnabel.

Das Gesicht des Politikers Harich: 9 auf 12 Meter.

Ein weicher, üppiger, geradezu südländisch anmutender Mund, umrahmt von einem schweren Kinn und dem Menjouschnauz auf der Oberlippe. Die Nase fleischig, die Augen wasserblau, der Haaransatz leicht fliehend, die Haare kurz, beinahe Bürstenschnitt. Das grosse Problem war die Brille mit den dicken Gläsern, sagt Charles.

Kulleraugen.
Und Harich in Wirklichkeit?
Zudem musste ich mit wetterfester Farbe arbeiten, sagt Charles, einer zähflüssigen Brühe. Für die Brillenfassung allein über ein Pfund Schmiere.
Ja, da staunen wir andern.
Plemplem.
So lasst uns etwas essen, sagt Bruno.
Raquel Welch (wo bleibt Jean-Paul Belmondo? Nein, das wäre dann Ursula Andress) nimmt die Bestellung entgegen:
Bratkartoffeln mit Schweinswürsten für Bruno,
eine Portion Kutteln mit Salat für Charles,
Wiener Schnitzel und Pommes frites für Albert,
eine Kräuteromelette für mich.
Geniesse alles dankbar, was von aussen kommt, aber hänge an nichts.
Wie erhebend ist das gedämpfte Geräusch unserer Kauwerkzeuge. Das Blut strömt gegen den Magen, macht den Kopf schwer. Versöhnlich glänzen die Augen.
Und die Gesichtsfarbe, meine Herren, meine lieben Freunde, das war nun etwas vom Schwierigsten. Kein Bleichgesicht und keine Rothaut. Macht das einmal nach!
Rum Coruba: wärmt im Winter, belebt im Sommer.
Ein Hoch dem Flachmaler, sagt Bruno.
Schweigen. Dann brüllendes Gelächter.
Die Frauen verehren Harich. Wie sympathisch er ist, nicht wahr?
Fürwahr.
Albert macht Stockfischmiene. Er ist in einer wenig beneidenswerten Lage. Sein Beruf nimmt ihn in die Zwickmühle.
Ich lebe zwischen Ehre und Verdammung, sagt er.

Wir greifen zum Glas, weil uns eine Antwort fehlt.

Zuviel kann man wohl trinken, doch nie trinkt man genug.

Und wie wär's mit einer Reportage? sagt Bruno. Viel Bilder und wenig Text.

Harich von hinten, Harich von der Seite, Harich von vorn.

Harmlos flog manch Wörtlein aus, böse ist es angekommen.

Eine Bildserie wird nicht zu vermeiden sein.

Ein Volksfest wird das. So was von Herzen. Zum Ausschneiden und An-die-Wand-hängen.

Es gibt nichts Neues unter der Sonne.

Die Gabeln klinkern sanft. Jeder ist auf Haltung bedacht. Wer weiss, ein Abschiedsfest unter Freunden. Doch, doch, wir werden uns wieder treffen, warum nicht? Meinungsverschiedenheiten sind belebend.

(Jede Diskussion ist fruchtbar, sagte Lehrer Korn. Im Kornfeld ist jede Diskussion fruchtlos, sagte Bruno, damals.)

Jetzt schweigen wir. Kain erschlägt Abel.

Also, in zwei Wochen ausnahmsweise, nach dem Fest. Und nach den Wahlen.

Keiner sagt etwas vom Wetten, keiner will Karten spielen.

Wollen die Herrschaften schon gehen? fragt Hermann.

Ja. Wir zahlen.

Morgen ist auch noch ein Tag.

3

Die Strassen sauber und leer.
Adrett.
Eine kühle, aber nicht kalte Herbstnacht.
Und wenn nun plötzlich fremde Häuser die Strassen säumten, irgendwo ein Hochhaus aufragte, von dem ich nichts weiss, der Fluss auf einmal zugedeckt, abgeleitet oder sonstwie verändert wäre? Nichts von alledem. Das wirkt beruhigend.

Die Silhouette der Stadt mit den umliegenden Hügeln, die Brücken, alle gut beleuchtet, keine Birne kaputt, die Plätze, es ist wie eh und je und wird auch so bleiben. Einzig der Marktplatz ist abgesperrt. Das Herz der Stadt. Von alters her. Mittelalter in der Neuzeit. An einer Längsseite ist die Tribüne aufgestellt worden. Für die Honoratioren. Vorne dran sind Seile gespannt. Das Ganze sieht aus wie ein Fussballfeld mit Kopfsteinpflaster. Unmittelbar vor dem Rathaus steht das Rednerpult, erhöht auf einem Podest. Heldendenkmal zu Lebzeiten.

Der Palast der Herren ist sehr schön und mit einem grossen Platz davor, worauf der Markt gehalten wird, mit einem sehr schönen Brunnen und vielen Fleischbänken. Andrea Gattari von Padua, Sekretär der venetianischen Gesandtschaft beim Konzil zu Basel.

Morgen soll hier, zum einjährigen Regierungswechsel, der mit irgendeinem anderen historischen Datum zusammenfällt, die gross angekündigte Feier stattfinden.

Dazu: Büros und Läden geschlossen.
Schulfrei.
Hurra!
Die Zeitungen berichteten ausführlich zum voraus. Einen Umzug gibt's auch: Trachtengruppen, Zünfte, Trommler und Pfeifer, Blechmusiken.

Wenn nur das Wetter hält, wäre sehr schade, sagte Müller im Büro.

Ich muss einen Umweg machen wegen der Absperrung. Ein paar Polizisten sehen mir gelangweilt nach. Ich gehe die Gasse hoch, erklimme einen der Hügel, worauf die Stadt erbaut wurde, und entferne mich vom Zentrum.

City, deine Lichter.

Wenn ich nach Hause komme, wird Ruth schlafen, ruhig und gleichmässig atmen. Ich werde jeden Lärm vermeiden und mich behutsam neben sie ins Bett legen.

(Wann bist du eigentlich gekommen? Habe dich gar nicht gehört.)

Der Schlaf kann schon eine Art Flucht sein.

Eins ist sicher: Morgen werde ich zum Fest gehen, mir Harichs Ansprache anhören, mir die Wörter einprägen. Mag sein, dass zwischen den Zeilen Hoffnung durchschimmert.

Mit Silber sorgfältig umgehen, sonst verliert's den Glanz. Silberputz verwenden.

Und wenn Jubel losbricht und alle klatschen, begeistert, werden die Zeitungen schreiben, dann werde ich wohl auch die Hände aus den Taschen nehmen müssen. Wer auffällt, ist gezeichnet.

(Können Sie nicht Beifall klatschen? Gefällt Ihnen etwas nicht?)

Sie füllen die Stimmzettel aus und wählen ihren Mann. Im Fernsehen ist Harich zu beobachten, wie er den eigenen Stimmzettel in die Urne wirft. Lachen, Händeschütteln. Schnitt.

Soll ich meine Zweifel offen zur Schau tragen?

Mit Politik lass mich bitte in Ruhe, sagt Ruth, solange sie uns in Ruhe lassen, wollen wir nicht klagen.

(Er tut wenigstens etwas, baut Strassen, ist für Umweltschutz, setzt die Fremdarbeiterzahl herab, hebt das Ansehen des Staates, unseres Staates, im Ausland und so fort. Ist das nichts?)

Diese elenden Fragezeichen. Sehen doch aus wie Galgen.

Sie werden Polizei und Militär postieren: an den Seiten des Platzes, in den Häusern und auf den Dächern. Mit Ferngläsern, Qualitätsarbeit, 8 x 40, das taschengerechte Grossfeldglas, auch für Brillenträger.

Kennen wir, kennen wir.

In den Seitenstrassen werden sie Wasserwerfer parken. Aehneln den Tanks in den Spielwarengeschäften. Die Jugend darf nachher, wenn alles vorbei ist, darauf herumklettern.

Wer die Jugend gewinnt ...

Die Benzinpreise sind leicht gesenkt worden, die Nahrungsmittel haben schon lange nicht mehr aufgeschlagen. Das sind Argumente. Und die Einweihung der Autobahn mit dem Bild. Der neue Erlass: Turnen für alle, kurz *Tufa* genannt. Das kommt hinzu.

Doch das wird Harich morgen selbst erklären. Er kann das besser formulieren. Er ist ein guter Redner. Kein Demagoge, sagt man. Harich spricht bedächtig, spart mit den Gesten, hebt die Stimme selten, nur dann, wenn er auf die Schmarotzer anspielt.

Schmarotzer, Lieblingswort Harichs.

Kein Savonarola.

Auch nichts von der Hektik Fidel Castros.

Manchmal geradezu etwas Musikalisches in der Stimme. Con Sordino.

Historiker werden dereinst seine Figur zu schildern haben. Das ist ihr Beruf, nicht der meine.

(Alexander Harich – Leben und Werk in neuer Sicht.)

Und wie ich jetzt einbiege in die Strasse, deren Einfamilienhäuser überragt werden durch das viergeschossige Doppelhaus, worin Ruth und ich wohnen, fällt mir auf, dass an einzelnen Fenstern bereits die Fahnen heraushängen.

Ruth ist früher aufgestanden als ich und bereitet in der Küche das Frühstück zu. Die Sonne fällt schräg ins Schlafzimmer und kringelt auf den Gegenständen.

Und wenn emol der Sunntig tagt,/ und d'Engel singe 's Morgelied,/ se stöhn mer mit enander uf,/ erquickt und gsund. Johann Peter Hebel.

Ich habe gut geschlafen, ohne Träume. Das ist in letzter Zeit selten. Mit Ruth habe ich noch nicht über den Abend gesprochen. Ich werde ihr nichts davon erzählen.

Ihr Urteil orientiert sich oft an Einzelheiten und vernachlässigt die Gesamtsicht.

Das kommt dann wie bei einer Nahaufnahme mit einem Fotoapparat heraus: der Vordergrund deutlich in den Konturen gezeichnet, jedes Detail auf Anhieb erkennbar, der Hintergrund hingegen bleibt verschwommen. Diese Betrachtungsweise hat allerdings auch ihren Vorteil. Ruth vermag den Augenblick besser einzuschätzen.

Ich liege im Bett und höre, wie Ruth mit dem Geschirr umgeht. Wir haben Tassen mit roten und blauen Blumenmustern.

(Wie bei der Grossmutter, so ländlich einfach, sagt Ruth.)

Ruth achtet sehr darauf, dass sie sich das blaue Geschirr hinstellt, während sie mir das rote überlässt. Decke ich den Tisch und mache es umgekehrt, so korrigiert Ruth sofort.

Seit fast zehn Jahren lebe ich mit Ruth zusammen. Sie war, bevor wir heirateten, Krankenschwester. Schwester Ruth mit Haube und Rotkreuzabzeichen. Wenn sie vom Spital angefragt wird, oder um dem Alltag zu entfliehen, wie sie sagt, macht sie Aushilfe. Das kommt im Jahr zwei- bis dreimal vor, für ein paar Wochen.

Die Tassen werden jetzt auf dem Tisch stehen. Der Kaffeeduft zieht durch die Wohnung. Bald wird mich Ruth rufen. Ich stehe auf, um Ruth nicht warten zu lassen. Das schätzt sie nicht. Sie ist Pünktlichkeit gewohnt und von mir eine gewisse Fügsamkeit. So, wie sie das wohl auch von den Patienten erwartet.

(Und nun wollen wir mal Fieber messen, ganz schön ruhig und nicht vorzeitig herausnehmen.)

Es gibt Tage, wo mich das stört, wo ich aufbegehre. Ruth nimmt diese Unbotmässigkeit gelassen hin, so dass ich zum Schluss ebenfalls schweige, mich zurückziehe und schuldig fühle. Die Jahre haben uns aneinander gekettet. Es fiele jedem von uns schwer, wieder sein eigenes Leben zu leben. So glaube ich wenigstens.

Die Sonne spielt mit dem Bild an der Wand, tanzt über die rote Stadt dahin.

Die Stadt sieht aus wie Nishni-Nowgorod. Ich war nie in Nishni-Nowgorod. Ich kenne die Stadt nur von Bildern. Nishni-Nowgorod heisst heute anders. Warum soll nicht unsere Stadt einmal umbenannt werden? Zum Beispiel Alexander-Harich-Stadt.

Harich-Town.

Würde sich auch auf englisch gut aussprechen lassen.

Ich springe von einem Gedanken zum andern. Rösselsprung.

Ruth hat gerufen. Ich freue mich auf das Frühstück. Frei-Tage sind wie Sonntage. Sonntage täuschen Frieden vor und geben einem das Gefühl von Ungebundenheit.

Ruth hat einen weissen Arbeitsmantel angezogen und erinnert mich damit an ihren

Beruf. Sie hat nie aufgehört, Krankenschwester zu sein.

Neulich las ich, eine Erhebung in der Bundesrepublik Deutschland habe ergeben, dass sich viele Krankenschwestern mit Striptease zusätzliches Taschengeld verdienten.

In dieser weissen Mantelschürze wirkt Ruth hager und ernst. Ein Gefühl der Abneigung kommt in mir hoch.

Über der Stuhllehne hängt ihr grüner Pullover. Wie ein Stück Rasen sieht er aus in der hellen Küche.

Wie ein Stück Rasen.

Nun werde ich ihr sagen müssen, dass ich mir Harichs Rede anhören möchte. Ruth wird sich dagegen sträuben. Hörst ja alles nochmal im Radio oder kannst es in der Zeitung lesen, wird sie sagen.

Ich will aber hingehen.

Zu gut kenne ich den Vorschlag Ruths: Wir gehen spazieren.

Diese Nachmittage, spröde wie Glas.

Ein Ja-Ruth-Nachmittag soll's nicht werden.

Nein.

Verdammt noch mal.

5

Wie ein solcher Ja-Ruth-Nachmittag aussieht.

Wir gehen den Rhein entlang.

Schau dir die Schwäne an, sagt Ruth, dass die nicht frieren. Hörst du überhaupt hin?

Ja, Ruth.

Die Möwen begleiten uns, segeln in weiten Schlaufen auf unserer Höhe dahin, biegen plötzlich ab, scheren aus und lassen Kot fallen.

Dass du das alte Brot zu Hause vergessen hast, sagt Ruth.

Auf der andern Seite des Rheins ist das Münster. Der rote Sandstein verströmt Wärme, die über dem Wasser verdampft. Herbst.

Da möchte ich wohnen, in einem dieser alten Häuser, sagt Ruth.

Ja, Ruth, das möchte ich auch.

Und ich stelle mir Ruth vor, sehe sie hinter diesen morschen Wänden, das Gesicht dem Rhein zugewandt, mit dem Rücken zur Tür, im mageren Gegenlicht steht sie da, eine geschnitzte Figur aus dem Mittelalter.

Jeanne d'Arc.

Ich will keine Jeanne d'Arc. Bin ich sicher, ob ich sie freispräche?

Knappe.

Ruth grüsst jemanden.

Ich grüsse zu spät.

Kennst du die Heims denn nicht! sagt Ruth.

Ja, Ruth, ich kenne sie. Ich habe sie übersehen.

Wir gehen durch den dünnen Schatten des Brückenjoches. Auf dem Poller am Bord sitzt eine Möwe, dreht den Kopf, fliegt weg. Der Poller ist voll Dreck.

Der Möwendreck ätzt die Fassaden. Der Sandstein zersetzt sich, bröckelt ab. Und im Frühjahr, wenn die Möwen verschwinden, weiss ich wohin fliegen, kommen die Tauben, von alten Frauen feist durch den Winter gemästet an windgeschützten Orten, machen sich breiter und breiter, versauen das Trottoir, das Geländer, die Dachrinnen, die Mauersimsen.

Doch der Kot der Tauben ätzt auch. Die Denkmalpflege ersucht die Polizei in regelmässigen Abständen – Ordnung muss sein –, die Tiere zu dezimieren.

Der Tierschutzverein wehrt sich dagegen, verzweifelt. So bleibt es beim alten, Jahr für Jahr.

Eine Dogge hebt das Bein, pisst an den Stamm einer Linde. Der Urin rinnt die Rinde entlang, versickert allmählich im festgetretenen Grund rund um den Baum.

Gegen den Hafen zu tuckert ein Schiff.
Der Duft der grossen, weiten Welt.

Auf dem Deck hängt Wäsche, hängen Unterhosen mit mächtigen Beinen, die von wuchtigen Schenkeln gefüllt werden müssen, damit sie nicht schlottern. (Hafenmarie) Es flattern Hemden, Leintücher und Überkleider im Fahrtwind. Kinder winken, rufen vom Ufer hinüber. Der Steuermann winkt zurück.

Der schmale Weg verbreitert sich (wie macht er das eigentlich, so knapp neben einem Industriebetrieb?), schlängelt sich durch den Park.

Durch das Geäst der Bäume bleibt der Fluss sichtbar.

Und jetzt kommt der Salm,
der patinagrüne Salm, er windet sich, windet sich spiralig in die Luft, die Schwanzflossen auf den Sockel geklatscht, er jappt nach Luft, nach Sauerstoff, dieser arme Teufel. Was soll ein Salm an der Luft, wenn es schon keine mehr im Dreckwasser des Flusses gibt, woran soll er die Spaziergänger erinnern, die Kinder vor allem, wenn die Väter bereits nicht mehr

wissen, was für ein Fisch das ist, Salm nur noch auf den Speisekarten der feineren Restaurants steht, wo diese Leute, die hier durchgehen, sowieso im Leben nur einmal oder überhaupt nie hinkommen?

Doch für die Kinder ist der Fisch ein Heidenspass. Einen Fisch vor sich zu haben, der nicht wegschwimmt, davonpfeilt beim ersten Schatten, der über ihn weghuscht, der nicht nass ist wie die Fische im Wasser, der nicht glitschig wegschwappt, wenn man ihn anfasst, das ist ein Riesengaudi! Und die Kinder reiten auf ihm, umarmen ihn, wie ich das auch gemacht habe, früher, rittlings sitzen sie auf ihm, liebkosen ihn, lieben ihn, schreien vor Freude, trotz der durchdringenden Kälte des Metalls, lassen sich nicht weglocken, nicht abbringen von den Umarmungen – Ruth geht schneller. Ich beschleunige den Schritt, um mithalten zu können.

Noch einige hundert Meter, und die Anlage ist zu Ende, hört auf, prallt auf die Strasse mit den vier Fahrspuren.

Die Abgase der Autos haben den vordersten Bäumen arg zugesetzt.

Chlorotische Blätter.

Zwergwuchs.

Es ist schön im Herbst hier, sagt Ruth.

Ja, Ruth, sage ich.

Eine halbe Stunde stromaufwärts, zwanzig Minuten rheinabwärts.

Wir gehen schneller zurück, wir kennen die Merkmale.

In der Stadt nehmen wir die Strassenbahn und fahren nach Hause.

So ungefähr würde es sein.

Ich kenne sie doch, diese Ja-Ruth-Nachmittage.

There is no sense than nonsense.

6
Die Beschreibung der Wohnung gehört hierher.

Denn der Flur unserer Wohnung ist lang und schmal, hoch dazu. Das sieht aus wie das Schiff einer Miniatur-Kathedrale in Disneyland. Fünf Türen sind eingelassen in die soliden Wände. Nein, der Flur hat nichts Wohnliches.

Es könnte, wäre er drei, vier Meter länger, auch der Korridor einer Pension sein. Der Korridor einer jener Pensionen, die man an Ferienorten in den Alpen antrifft und als überdimensionierte Chalets das Entzücken der Touristen hervorrufen.

My home is my castle.

Also: Vorspiegelung falscher Geborgenheit.

(Ah quelle ambiance ...)

Gewiss, wir leben nicht im Flur, aber er ist Durchgang zu allen andern Zimmern. Ein Flur ist wie eine Bahnhofshalle bei der Ankunft: man muss durch, ob man will oder nicht. Basta.

Dieser Flur macht missmutig, braucht immerzu künstliches Licht, mindestens eine Achtzig-Watt-Birne, um ihn einigermassen auszuleuchten. Aber was nützt das, die Lichtflut, das Licht auf der Garderobe, auf den abgelegten Hüten, Mänteln, auf den Schirmen im Schirmständer, auf dem Spiegel ...

Aha Spiegel. Ja, der bricht wenigstens das Licht, reflektiert es, spielt damit, wirft Kreise und Halbmonde, Schattenspiele an die Wand.

Das Licht auf den Bildern, den teuer eingerahmten Drucken, was nützt dieses Licht, wenn die maserierten Türen, trostlos dumpf und marronibraun, eben dieses Licht auffressen, gierig verschlucken?

Zum Schluss ist der Flur hell und dennoch so deprimierend dämmrig, dass die Türen abweisen, einem zum Eintreten jede Lust nehmen.

(Zwischen Tür und Angel stehen. Mit der Tür ins Haus fallen.)

Der Flur ist ein Stollen, ein Bergwerksstollen, oder ein

Maulwurfs-,

Murmeltier-,

Fuchsgang meinetwegen.

Aber kein Flur einer Wohnung.

Der Spiegel registriert jedesmal mein Erscheinen:

Da ist er wieder, der Hans Kramitsch.

Er geht wieder um.

Schmaler Kopf, zur Seite gekämmtes, braunes Haar, leicht am Kragen aufstehend,

langer Hals mit unruhigem Adamsapfel,

beiges Hemd, rote Krawatte.

Das ist das unvollständige Brustbild des Hans Kramitsch.

Der Spiegel hat eine ovale Form, Ruth hat ihn in die Ehe mitgebracht.

Leider passt der Bauernschrank nicht recht zum goldgefassten Spiegel, oder umgekehrt.

(Eines von beiden muss einmal ersetzt werden, Hans, hörst du?)

Die Kornblumen auf den Schranktüren welken.

Gemalte Blumen riechen nicht.

7

Die Leute strömen in die Stadt.
Ihr Kinderlein kommet.
Das wird ernst.
Überall nun Fahnen, kein Haus ohne, selten nur ein Fenster leer. Fahnenfabrikant sollte man sein. Da klingelte der Patriotismus.
Viele Formate: quadratische, rechteckige, auch trapezförmige.
Hipp hurra, hipp hurra!
Ein buntes, ein fröhliches Bild, das die Stadt bietet. Harich sei gepriesen.
Und sie haben die besten Kleider aus dem Schrank geholt, Ma und Pa und die Kinder und die Omas und Opas und die Tanten und Onkels. In den Aussenquartieren parkieren Omnibusse. Besucher von weither. Die Strassenbahnen sind umgeleitet worden, verkehren nicht mehr in der Innenstadt. Eine Bienenwabe ist die Innenstadt nun. Nervöses, hastiges Treiben auf engem Raum.
Stimmengewirr und Gefasel wie ein Wollknäuel, unentwirrbar.
Dann die Spruchbänder quer über die Strassen und Gassen.
Lang lebe Harich.
Einig für Harich.
Wir stehen hinter Harich.
Das ging daneben.
Und wir alle halten die Köpfe schräg nach oben, versuchen mit raschem Blick die Buchstaben zu einem Wort und die Wörter zum Slogan umzusetzen.
Da ist die Metzgerei Beil, ja, sie heisst Beil, ich kann's nicht ändern, wo ich hin und wieder Fleisch einkaufe. Im Türrahmen steht das Hutzelmännchen, saugt an einem Toscani und lässt den Speichel aus den Mundwinkeln übers Kinn laufen. Mehr noch: zeigt mit zittrigem Finger auf das Plakat oben

Wir stehen hinter Harich
und ruft: das ist ja schwul.
(Jesses, jesses, was sagt er auch.)
Ruft's immer wieder, kann nicht aufhören.
Die Leute schubsen weiter.
Nichts hören, nichts sehen, nichts sagen.
Das Wurzelmännchen bricht in ein langes
Kichern aus, stottert Lachsalven aus seinem
zahnlosen Mund.
Das grosse Buch der Zauberei.

Pünktlich marschieren die Trachtengruppen auf, die vordersten einer Abteilung mit Sträussen in den Händen. Zwischendurch eine Blaskapelle.
Dideldumdei, dideldumdei.
Wie das Kind weint. Wenn es nicht bald aufhört —
Und dann über den Köpfen Fähnchen; ein Raunen, Sprechchor:
Harich, Haarich, Haarich.
Brodeln und Kochen der Masse.
Zehnminuten-Trickfilm (Mad movies).
Darauf ein Flugzeug in niedriger Höhe über den Platz hinfliegend. Zieht eine Schlaufe, kommt noch tiefer, wirft Flugblätter ab. Die Packen lösen sich in der Luft auf, und einzeln flattern die Zettel herunter. Gelbe, rote, blaue.
Und jetzt geht's erst richtig los, Leute. Ein Meer, hin- und herwogend, die Wellen kreuzen sich, prallen aufeinander, ebben ab, rollen von neuem an.
Ich fange ein Flugblatt aus der Luft.
Mit Harich die Zukunft gewinnen, steht auf der Vorderseite. In Grossbuchstaben. Auf der Rückseite ist das Programm des Festes abgedruckt.
Alles schon dagewesen, und doch immer wieder neu.
(Der kann organisieren, das ist ein Mann!)

10.00 Uhr, Begrüssung der auswärtigen Gäste im Rathaus und Rundgang durch die historischen Säle
11.00 Uhr, Besichtigung des neuen Rheinhafens
12.00 Uhr, Fahrt zum Casino, Mittagessen
14.00 Uhr, Enthüllung des Bildnisses an der Autobahn
14.30 Uhr, Beginn des Umzuges in der Innenstadt
15.00 Uhr, Ansprache des Präsidenten Alexander Harich an die Bevölkerung (auf dem Marktplatz)
16.00 Uhr, Ende des offiziellen Teils
Am Abend Volksfest in der ganzen Stadt.

Kinder, dass muss man gesehen haben.
Magic afternoon.

Ruth stellt Fragen. Möchte unter anderem wissen, ob wohl viele Spalier gestanden hätten bei der Fahrt Harichs durch die Stadt.
Wahrscheinlich wie bei Kennedy, sage ich.
Spötter, sagt Ruth.
Die Spannung schlägt Funken. Das Knistern geht über in ein Grollen. Entlädt sich in einem einzigen Jubelschrei: Harich! Die Kleingewachsenen stellen sich auf die Zehenspitzen.
Harich steht am Rednerpult.
Er hebt beschwichtigend die Hände, versucht wie ein Dirigent zu dämpfen, doch das Riesenorchester will ihm nicht folgen. Und wieder die Geste des begütigenden Nun-ist-es-genug-Freunde, dann entschlossener Griff nach dem Mikrofon.
Räuspern. Zurechtrücken der Brille.
Kratzen und Hecheln in den Lautsprechern, als hetzten tausend Wolfshunde um den Platz.

Er beginnt.

Liebe Landsleute, sagt er, und nochmals: Liebe Landsleute. Mit kurzen, kräftigen Armen stützt er sich aufs Rednerpult ab.

Wie heisst das schlimmste Tier mit Namen? So fragt' ein König einen weisen Mann. Der Weise sprach: Von Wilden heiss't's Tyrann, und Schmeichler von den zahmen.

Die beiden Trachtenmädchen zur Rechten und Linken blicken geradeaus.

Harich, um die Fünfzig, spricht und spricht. Verspricht sich kaum.

(Wie der aber reden kann. Jawohl, das stimmt.)

Hat Harich nicht früher, als er noch ein kleiner Abgeordneter war, einmal gesagt: Macht ist etwas Schönes?

Er hat es erreicht. Ein verbissener Schaffer. Das Glück lässt sich auch organisieren. Nur immer schön acht geben, dass der Lorbeerkranz der Cäsaren nicht über die Augen rutscht. Nein, das ist nicht der Typ für ein Triumvirat. Nichts mit Primus inter pares. Er ist die absolute Spitze eines gleichschenkligen Dreiecks, Demokratie genannt.

Und denk' ich an Donald Duck in der Nacht ...

Die Stimme Harichs höre ich gleich zweimal.

Und so komme ich zu einem meiner Hauptanliegen
    und so komme ich zu einem meiner Hauptanliegen
mit einer Zehntelsekunde Verspätung als Echo von den Häuserwänden.

Ich werde mir morgen eine Zeitung besorgen.

Das Kreuz schmerzt vom Stehen. Ruth tritt von einem Bein aufs andere.

Satz für Satz nachlesen, was er gesagt hat.

Harich bewegt die Arme, spart nicht mit Gesten. Das ist neu. Und jede Pause ist Signal für Beifall. Kaum wird ein Einsatz verpasst.

Man soll den Tag nicht vor dem Abend loben.

... eine bessere Zukunft und Wohlstand für alle

Bravo

... mehr soziale Gerechtigkeit

Bravo

... unser Land, ein politischer Faktor

Bravo

... Militär, Ausdruck der Kraft des Volkes, seines Wehrwillens

Bravo

... und nie in Selbstgenügsamkeit verfallen, erschlaffen

Bravo

... erste Bürgerpflicht und Kern des Volkes, unnachsichtig gegen Keime der Fäulnis, gegen Schmarotzer

Jawohl.

Jeder Staat hat seinen Korpsgeist. Bei uns heisst das: Verteidigt das Althergebrachte, unsere Eigenart, gegen innen wie nach aussen – dem Neuen aufgeschlossen, der Tradition verbunden. Hurra!

Es möge uns vergönnt sein, alles Defätistische, Unschweizerische und Fremde, das unserem Wesen nicht angepasst ist, auszumerzen und zu überwinden. Bundesrat Gnägi.

Taschendiebe sollen umgegangen sein. Zahlreiche Personen hätten sich nach der Feier beschwert und den Verlust ihrer Barschaft gemeldet. Wenn wir so einen erwischt hätten, der wäre gelyncht worden.

... ging in die Geschichte ein. 23 000 Eidgenossen, bewaffnet mit Spiessen, Hallbarten, Hackenbüchsen und zwölf Karthaunen von Strassburg kämpften im Juni 1476 gegen ein doppelt so mächtiges Heer Herzogs Karl von Burgund. Indessen: die Eidgenossen siegten. Ruhm, Ehre und ein Denkmal in späteren Jahren waren dem Helden Adrian von Bubenberg gewiss.

Nun musste das Ende kommen. Sonst stimmte der Zeitfahrplan nicht mehr.

... und so schreiten wir alle gemeinsam in die Zukunft. Volk und Behörden stehen Schulter an Schulter, sind gewappnet gegen den unsichtbaren Feind Subversion, der Parteigänger gewinnen, unsere Wirtschaft schwächen will, der versucht, uns einzuschläfern.

Tausende von Mündern öffnen sich zum letzten Mal für heute nachmittag zu einem langen Hurra. Aus einer Ecke des Platzes steigen kleine Ballons in die Höhe, treiben im leichten Wind über die Köpfe hinweg, gewinnen freien Himmel, entschwinden. Da erhebt sich ein Meer von Händen zum Gruss, und da weht plötzlich – wunderbar anzusehen auch dies – ein rosa Schimmer von all den Händen über das Violett und Dunkelgrau der Menschenmassen, weht darüber hin, bleibt eine Weile und vergeht dann langsam wieder.

Phallisches Recken der Arme zum Jubel.
Wollen wir gehen? fragt Ruth.

8

Auf meinem Weg zum Arbeitsplatz.
Kino El Dorado.
Demnächst: Joe Dallessandro in 'Trash'.
Das 'männlichste aller jungen Idole' (so die Reklame) versucht 100 Kinominuten lang erfolglos, seinen Penis hochzubringen: eine üppige Stripperin ("Er regt sich nicht"), ein schlampiges LSD-Mädchen, eine doofe Gutsituierte ("O mein Gott, hast du einen Grossen"), eine schwangere Nutte ("Was für ein süsser Arsch") und seine ordinäre Bettgenossin Holly ("Ich will nicht immer mit einer Bierflasche") können dem ausgeflippten Fixer nicht helfen.
Out.
Der Film soll, wie ich gehört habe, auf Betreiben einer Harich nahestehenden Gruppe vom Spielplan abgesetzt werden.
Die Saubermänner sind Tag und Nacht an der Arbeit.
Auf den Strassen liegt kein Abfall mehr.
Fortschritt allenthalben.
Später, an der Ecke, dann der Kiosk, wo ich morgens die Zeitung kaufe. Da hängt auch Alberts 'Woche'. Kommt jeden Donnerstag.
Ab und zu kaufe ich sie mir, manchmal bekomme ich sie am Stamm von Albert zugesteckt.
Warum eigentlich kann er uns kein Gratisabonnement verschaffen?
(Wenn ich damit anfange, muss ich der Gerechtigkeit wegen alle meine Bekannten berücksichtigen. Ich hoffe, ihr begreift das. Natürlich, wir begreifen.)
Heute, zum Beispiel, verlange ich auch die 'Woche'.
Sie heisst jetzt 'Neuer Tag', sagt die Kioskfrau, rückt dabei einen Stapel Zeitschriften zurecht.

Ach so, antworte ich, nach einer auffällig gedehnten Pause.

Aber was sonst soll ich denn antworten? Davon hat Albert nichts gesagt.

Ja, bitte, und ein Gummiband darum, damit sie sich nicht entrollt.

Die Kioskfrau räuspert sich, will offenbar das stockende Gespräch, das sonst so ungezwungen fliesst, in Gang bringen, würgt endlich einen Satz herauf wie ein im Hals steckengebliebenes Stück Brot, sagt: War das eine schöne Rede gestern.

O ja.

Da ist das schmiedeiserne Portal. Echte Handarbeit. Heutzutage nicht mehr zu bezahlen. Und immer wieder gehörte Frage: Wer könnte das noch?

Treppe hinauf, in den zweiten Stock, den Gang entlang, zweitletzte Tür, Nummer 24. Neben dem rechten Türpfosten vier Schildchen: H. Kramitsch, W. Müller, K. Geiger, A. Grob. Reihenfolge wie in natura.

Licht anknipsen. Kramitsch ist immer der erste. Der wird am Jüngsten Tag auch zuvorderst stehen.

Klicken in den Neonröhren, erst flammt eine auf, dann die andern. Leichtes Zucken noch, ich stehe in greller, gleichmässiger Helle. Schattenlos. In der Mitte des Raumes die Zeichentische mit den Pantographen. Davor verstellbare Hocker wie beim Klavier. Tagtäglich.

Wieder einmal die Papierkörbe nicht geleert. Es riecht nach Orangen. Müller isst welche, dutzendweise.

(Dafür rauche ich nicht, ihr Lungenkrebser.)

Auf meiner Zeichenplatte: Grundrissplan 'Zuleitungen zu Reservoir II', 1 : 500. Sollte längst fertig sein. Wenn nur die Anzahl Schieber stimmt.

Der Stempel muss auch noch drauf: Städtisches Tiefbauamt.

Im Feld unten rechts visieren.

Vorne, nach der Reihe der Zeichentische, der Korpus mit den Planrollen. An den Wänden: ein Stadtplan, ein Netzplan der städtischen Wasserversorgung und ein Kalender mit Mädchen. Jeden Monat eines.

Herbst. Herbstzeitlose. En effeuillant la marguerite.

Es kommen die andern, zuerst Grob, dann Müller und Geiger zusammen.

Guten Morgen. Guten Morgen allerseits.

In acht Stunden kann der Tag abgestrichen werden.

Machen Sie mit? fragte mich Grob auf der Toilette beim Händewaschen. Wir verteilen ein Flugblatt. Etwas muss man tun, auf die Wahlen hin.

Die Eindringlichkeit seiner Stimme war unmissverständlich, machte sofort klar, wo er stand.

(Es ist in der Politik immer so, als wenn man mit unbekannten Leuten in einem unbekannten Land geht; wenn der eine seine Hand in die Tasche steckt, so zieht der andere schon seinen Revolver, pflegte mein Grossvater mit dem Vornamen Wilhelm zu sagen. Er hatte das Zitat aus einer Volksausgabe von Bismarcks Werken.)

Ich weiss nicht, ob ich da mitmachen kann, sagte ich. Dass Sie ausgerechnet zu mir kommen damit.

So, wie ich Sie kenne, kann man Ihnen vertrauen. Zudem glaube ich nicht, dass Sie für die Partei Harichs sind, oder täusche ich mich?

Und die andern im Büro, Müller und Geiger?

Sind mir zu unsicher.

Ich muss mir das noch überlegen. Ja, ich erinnere mich genau, das sagte ich ihm, eigentlich wollte ich nein sagen, aber da stand Grob vor mir mit seinem grauen Gesicht, den verbrauchten Augen, die mich nicht mehr losliessen, eine seltsame Färbung annahmen, wobei sich die Pupillen verengten zu einem schmalen Spalt, der keinen Verrat durchliess.

So schlafen Sie darüber, morgen sollte ich Bescheid haben; die Zeit ist knapp, sagte Grob, rufen Sie mich zu Hause an.

Grob war bald sechzig und stand kurz vor der Pensionierung. Ich hätte ihm das nie zugetraut.

Feigling, Hans Kramitsch.

Aus einem Illustrierten-Interview
Alles über Harich
Familienstand: verheiratet, drei Kinder
Alter: 52
Führerschein: Auto, Flugzeug
Am meisten verehrter Mann: Churchill
Am meisten verehrte Frau: seine eigene und Schneewittchen
Lieblingskomponist: Richard Wagner
Lieblingsmaler: Böcklin
Lieblingsgetränk: Rotwein
Lieblingsgericht: Gemüsesuppe, gegrillte Blutwurst
Liebt ferner: Politik und Offenheit
Hasst: Heuchelei

Hoppe hoppe Reiter, wenn er fällt, dann schreit er; fällt er in den Graben, fressen ihn die Raben; fällt er in den Sumpf, macht der Reiter plumps!

9

Es kommt die Zeit, wo ich den Piccadilly Pub zu beschreiben habe.
Das Wandern ist des Müllers Lust.
Das Einfachste wäre, ich begänne mit Claudia. Aber ist es überhaupt noch angebracht, sich über Claudia auszulassen? Ich meine: sind die Umstände noch gegeben?

Jedenfalls ist das Piccadilly, als ich es kurz nach fünf Uhr betrete, gestossen voll.

Die Raphael-Typen nehmen keine Notiz von mir. Warum auch. Sie sind versunken in die Eintönigkeit eines ereignislosen Spätnachmittags.

Es sind keine Barhocker, die hier längs der Bar stehen. Eher Bugholzstühle, mit sichelförmig geschwungenen Lehnen. Leider fällt die Wand des Tresens gerade ab, ohne Nische oder Einbuchtung. Das zwingt zum Schrägsitzen, zum Beineübereinanderschlagen oder V-förmig-Auseinanderhalten, wie es das Mädchen neben mir macht. Claudia hat auf Streichholzlänge zurückgeschnittenes Haar. Wie Jean Seberg etwa. Ihre Brüste sind klein, wirken aber grösser, weil der Rock satt am Körper anschliesst. Claudias Hände sind gepflegt. Die Nägel: perlmutterfarbene Ovale.

So, das dürfte genügen.

Übrigens: ich bin wieder einmal zu früh.

Ich verlange einen Gin & Tonic.

An der Decke aus früheren Tagen Zierbalken mit Metallbeschlägen. Die Bar greift hufeisenförmig in den Raum hinaus, in den vernebelten, flimmernden, pop-bemalten Raum, der wie die Schlange der Verführung sich um die altmodische Theke windet.

(Hängt ein Pferdehalfter an der Wand, alter Schimmel hühaho.)

Toupets, Perücken, Seidenhaar, Terylene, Hemdbrüste, Samtjacketts, Schnäuze, Amuletts, Zweitwimpern, Spitzbrüste.

Music, in Tonwellen das Lokal überschwemmend. Lichteffekte. Strobopsychedelische, oszillographisch nachhallende truesonicvibrierende Arena.

Bruno lässt auf sich warten. Mein Gin & Tonic wird eine warme Brühe, wenn er nicht bald kommt oder ich nicht nachbestelle.
Calling my name.
Werde ich aufgerufen?
Ich höre meinen Namen, will ihn erst gar nicht erkennen, wehre mich dagegen, hier aufgestöbert zu werden.

Aber da ruft Claudia zum zweiten- oder drittenmal: Herr Hans Kramitsch ans Telephon bitte, Herr Hans Kramitsch ans Telephon. Und die Epheben, die hier sitzen, trinken und schwadronieren, sie alle hören auf zu trinken und zu schwadronieren, blicken um sich, blicken von einem zum andern, wollen unbedingt wissen, was für ein Fremdgänger das ist.

Aufstehen, doch der Körper ist zu schwer (meine 63 Kilo!), die Muskeln schaffen es nicht, die Füsse sind mit Blei gefüllt, Zinnsoldatenfüsse, die fleissig drauflosmarschieren und den Mann doch nicht vom Fleck bringen.

Mich also verleugnen. Dazu reicht die Kraft auch nicht. Und Claudia, was würde sie sagen?

Ich entscheide mich fürs Ergeben, erhebe mich umständlich, schiebe den Stuhl zurück, bewege die Füsse wie ein Astronaut, setze mich endlich in Gang.
Roboter.
Und im stillen die Hoffnung, der Anrufende (oder die Anrufende?) habe längst aufgelegt, wenn ich mich melde.

Das Telephon vor mir, dieses schwarze Ding, wie es stumm dähängt am Haken neben der Gabel.

(Hänschen, halt mal die Muschel ans Ohr. Hörst du wie's rauscht, wie das Meer singt?)

Unter meinen Füssen der weiche Teppich. Nur noch drei, zwei Meter.

Blicke, ein Objekt findend.

So sieht der also aus.

Schlenkert mit den Armen. Hilflos.

Ich rede ungern am Telephon. Ich finde die richtigen Worte nicht. Stocke, verhasple mich, schweige zu oft und zu lange. Der Fluss meiner Rede versickert meist, ich bin schon froh, wenn sich hin und wieder ein Wort löst und als Kiesel ins ausgetrocknete Flussbett rollt.

Ich winde mich hindurch, ein Lindwurm, ein Windwurm.

Höre, wie Claudia sagt, rechts durch, rechts.

Die Telephonzelle.

Zelle.

Die stickige Luft zieht den Schweiss aus den Poren. Der Hörer baumelt sanft, wiegt sich hinterlistig.

Wer hätte den Mut, einfach aufzuhängen?

Meine Stimme ist schallos, trocken.

Die isolierende Decke macht meine Stimme stimmlos, die Zelle erst recht zu einer Zelle.

Schreien und schreien, es bliebe sinnlose Pantomime.

Bruno kommt also später.

Ich gehe zurück.

Claudia streicht sich das rotgefärbte Haar flach.

Die mit dem Bubikopf zieht den Strohhalm aus dem Mund. Die feuchten, noch vorgestülpten Lippen glänzen.

Und der Mann mit dem Bier vor sich, der dauernd Claudia anquasselt, bestellt sich noch ein Bier. Das erste Glas ist noch halbvoll.

Hier fehlt ein Rausschmeisser. Hosenscheisser.

Der mit dem Bier vor sich blickt geradeaus. Seine Augen haben sich auf Brustwarzenhöhe (Claudias) eingestellt.

Mir schräg gegenüber, am Scheitelpunkt des U der Bar, sitzt ein einsamer Kondor. Er sitzt da mit starren, glasigen Augen, über die manchmal das Lid huscht.

Er spürt, dass ich ihn anstarre.

Der Hals zuckt aus dem roten Kragen, der graue Kamm stellt sich auf, sträubt sich.

O help me, doctor.

Warten.

Ein paar Jodelles und Barbarellas blicken über die Kante ihrer Rundbrillen.

Seine Eitelkeit wirkt leicht komisch, aber er braucht sie, um seinen kleinen Wuchs zu stilisieren. In der Schule war er zwar meist der Beste, trotzdem aber ein eher aufgeweckt zu nennender Junge. Einmal freilich hätte er dadurch, dass er zur Unzeit eingeschlafen war, diese Reputation ernstlich gefährdet. Es sollte ihm nie mehr passieren.

(Du weisst ja, wie die Zeit vergeht.)

Als Bruno endlich kommt, lese ich in einer Zeitung Partnerschaftsinserate, genauer: einen Artikel darüber.

M-S-F: Akad., 42, sex. sehr int., su. gepfl. Dame (m. st. beh. Mu., pref. rot o. schw.) m. neig. zu mas., an. u. l, Freude zu gegens. frz. verw. Bildzuschr. u. Tel. erb. K. fin. Int. Str. Diskr. A-B 23/39. (Frei nach meinem Gedächtnis.)

Die Übersetzung: 42jähriger Akademiker, sexuell sehr interessant, sucht im Raum München - Stuttgart - Frankfurt gepflegte Dame (mit stark behaarter Vulva, Lieblingsfarbe: rot oder schwarz), die masochistisch veranlagt ist und Analverkehr, Fellatio sowie französische Liebe praktizieren möchte. Keine finanziellen Interessen. Strenge Diskretion.

Bruno steht mitten im Lokal, steht da wie hingepflanzt.

Dann steuert er auf mich zu.

Ein alter Walfänger könnte nicht besser anlegen.

Mit seiner einschmeichelnden Stimme wie die eines Bettelmönchs sagt er: eigentlich nicht der richtige Ort für eine Aussprache. Aber da wir nun schon einmal hier sind.

Bruno hebt die Hand, macht mit Zeige- und Mittelfinger das Victory-Zeichen.

Claudia mixt zwei Gin & Tonic.

Dein Glas ist sowieso leer, sagt Bruno.

Eine neue Figur ist hinter dem Tresen aufgetaucht. Hauptstosszeit.

Bruno sagt: Abend Fred. So blickt der Ephebe Fred dem alternden Alkibiades Bruno in die Augen, und Bruno wünscht sich Musik, wünscht, dass das Tonband abgespielt werde.

Der Lautsprecher verstummt kurz. Dann tönt aus der Stereoanlage

I left my heart in San Francisco
my heart in San Francisco
in San Francisco
San Francisco
Frisco.

Das Tonband spielt die Legende von einer liegenden Acht, spielt unendlich, kommt immer wieder nach San Francisco zurück. Bruno wandert durch San Francisco, passt sich der Umwelt an, spielt Chamäleon, mutiert.

Bruno ist Taktiker.

Vielleicht denkt er an Rilkes Gedicht von der Rose, denkt an antike Schäferinnen, denkt an Lucas van Leydens Kupferstich 'Sündenleben der Magdalena' oder an gar nichts. Dabei ist die Zeit nicht danach. Die Zeichen stehen anders.

(Untergang der Titanic: Jubel, Trubel, Heiterkeit im Salon, bis das Wasser zusammenklatscht. Der Choral kommt ohnehin zu spät.)
Übergänge sind oft hart.
Bruno sagt: Erinnerst du dich an Milton? Milton wird unser Codewort. Wir werden künftig von Milton sprechen und uns meinen, unsere Lage damit zu umschreiben versuchen.
Milton ist ein Teil unserer Vergangenheit.

10

Milton, der Flüchtling, den das Rote Kreuz anno 42 retten konnte, der in unsere Klasse eintrat, in der Hoffnung, sich bei uns einzugewöhnen, in der Hoffnung, später seine Eltern wiederzufinden. Milton, der Emigrant, der Wanderer zwischen Zuversicht und Verzweiflung.

Die Mauer der Andersartigkeit hat er nie überwinden können. Wir haben sie zu hoch gebaut.

Die Spur der Erinnerung, wir legen sie frei.

Das Gedächtnis ist ein seltsamer Raster, da bleiben die merkwürdigsten Fetzen hängen: es entsteht sein Bild vor uns, das Bild Miltons, des Neuen, wie wir ihn genannt haben.

Der Neue las Proust. Für uns war Proust noch nicht Proust. Wir lasen den Namen erstmals in der Pause, als das Buch geschlossen auf der Bank lag, vergessen offenbar.

Der Französischlehrer hatte etwas gegen Proust. Gegen den Neuen auch wegen Proust.

Und Zeller, der Französischlehrer, sagte zu ihm: Dass du nicht etwas Heiteres lesen kannst.

A la recherche du temps perdu.

Und da die Antwort ausblieb, blieb es still im Klassenzimmer, es fehlte eine Fliege, um Lärm zu machen, so blieb es weiter still.

Da stand wahrhaftig der Neue auf, ging durch das Zimmer, ging, er hatte einen langen Weg, sass zuhinterst an der Wand, musste zwischen den Bänken hindurch im schmalen Gang, am Lehrerpult vorbei, die Wandtafel entlang – dann war er endlich bei der Tür.

Er öffnete sie mit einem Ruck, ging über die Schwelle, schloss die Tür hinter sich, vorsichtig.

Zellers Rufe prallten ab an der Tür. Zellers Marmelaugen, tief in den Höhlen sonst, von den Backen fast überwuchert, listige Äuglein eines Mannes, zur Gutmütigkeit geneigt aus langer Übung, nicht aus Charakter und Veranlagung, jetzt kullerten sie nach vorn, blitzten auf im Licht.

Zeller schlug die Türklinke hinunter, schrie durch den Flur. Die Wandkarte, eine alte Gotha-Karte, sie schwankte in der Zugluft, die von draussen angesogen wurde, hin und her und her und hin, schlug mit dem Holz, das sie versteifte, an die Wand, teilte die Stille mit ihrem Tick, Tick.

Metronom.

Er kam nicht zurück. Die Beine liefen auf dem Klinkerboden davon. Das war leicht auszumachen.

Zeller teilte Blätter aus, diktierte Vokabeln.

(Bauchredner = le ventriloque)

Wir waren siebzehn in der Klasse, achtzehn Blätter wurden zum Schluss abgegeben. Und auf einem Blatt stand nur ein Wort, ein einziges, gross hingeworfen mit verstellter Schrift, Blockbuchstaben, mit Schultinte (violett), auf einem Blatt der Schulmaterialverwaltung, auf diesem Blatt stand: salaud.

Eigentlich sollten wir das alles unter dem Schutt der Jahre begraben lassen, da dürften wir nicht abbaggern, bis der alte Boden hervorkommt, rissig, ohne Grasnarbe.

Werden wir nicht auch zu Aussenseitern? sagt Bruno. Wir kapseln uns ab. Der Unterschied: Milton war konsequenter. Das haben wir ihm nie verziehen. Unsere Freundlichkeit und Hilfsbereitschaft waren im Grunde genommen nichts anderes als Heuchelei. Seien wir doch ehrlich.

Vielleicht beginne ich Milton zu begreifen, jetzt, wo wir uns entscheiden müssen.
Milton. Ein Gesicht, flächenhaft. Im Laufe der Jahre sind die Einzelheiten zurückgetreten, haben sich verwischt, geblieben sind die grossen Züge, die ihn erkennbar machen unter den Leuten jener Stadt, jener Landschaft, wo er nun lebt, vielleicht. Geblieben sind sein schwarzes, straff gescheiteltes Haar, das ovale Gesicht, die auffallenden Wimpern, die vollen Lippen. Milton, eine enorm grosse schwarze Silhouette — ein Versatzstück?

Fred reibt jedes Glas, das er hervorholt, erst sorgfältig aus. Dann hält er es gegen das Licht, gegen die himbeerrote Lampe. Dabei kneift er ein Auge zu, nicht mit dem Ringmuskel. Er lässt nur das Lid über den Augapfel fallen.
Schönheit ist überall ein gar willkomm'ner Gast.
Die blonden Locken fallen füllig in die Stirn.
Der Gin & Tonic ist lauwarm. Bruno verlangt Eis.
Claudia öffnet leicht Daumen und Zeigefinger der rechten Hand. Aus der Zange fallen zwei aneinandergefrorene Eiswürfel ins Glas.

Und jener Sommertag, sage ich, als die Luft schwer wie Blei war, sich kaum teilen liess, als das Atmen Mühe machte, die Lungen wie ein alter Blasbalg arbeiteten?
Im Schulhaus roch es nach schlechtem Bodenwachs, ausgestopften Tieren und Staub. Muffige Kühle füllte Flure und Räume.
Nur wenige Autos kreisten um den Platz vor dem Schulhaus; die Holzvergaser ragten wie Boiler über den Kotflügeln empor. Unter

den Bäumen der Anlage schliefen alte Leute, den Hemdkragen weit offen. Der Schatten einzelner Blätter brannte schwarze Flecken in den Boden.

Im Gestänge des Musikpavillons dösten Vögel.

Manchmal fuhr ein Camion mit gröhlendem Militär vorüber. Der Asphalt war breiig, die Räder matschten darüber hin, die Reifenprofile zeichneten sich deutlich ab.

Hitzeferien am Nachmittag.

Baden, in der Wiese. Wir, das waren: Milton, Robert, du und ich. So glaube ich wenigstens.

Der Staub auf den Wegen glich kriegsbedingtem Schwarzmehl. Grauweiss wirbelte er unter unseren Schritten auf und setzte sich an den Schuhen fest.

Die Sickergräben strömten schwüle Feuchte aus.

Das Wasser hinter dem Stauwehr war erstarrt. Unterhalb der Schleuse lag das Flussbett fast ausgetrocknet. In den Senken faulten die Pfützen.

Die Steine waren von schleimigen Algen überzogen. Eisenreifen, Konservendosen, Pfähle stachen durch das dünne Wasser. Wir zogen uns in den Holzkabinen um, im Karbolineumgeruch. Im Pissoir nebenan verdampfte Ammoniak.

Ein Falke kreiste am Himmel, zog ruhig seine geometrischen Zeichen, eine zierliche Figurine in dem erstorbenen Landschaftsbild.

Erinnerung ist das einzige Paradies, woraus wir nicht vertrieben werden können.

Milton. Er schwamm wie eine Robbe. Und du, Bruno, hast dich geärgert, dass er sich zu den Mädchen setzte, ihnen Schokolade anbot.

Du wolltest bald einmal aufbrechen.

Das Flugzeug kam knapp über die Bäume am andern Ufer, trudelte und stürzte ab. Was am Himmel blieb: ein weissgelber Fleck mit einem zappelnden Etwas darunter.

Der Pilot versuchte, mit Beinbewegungen ein paar Meter in unsere Richtung zu gewinnen. Er musste die Grenzmarkierungen gesehen haben.

Eine englische Maschine, eine Spitfire, sagtest du, Bruno.

Der Pilot schaffte es nicht. Er verschwand hinter den Baumkronen. Dann ein Schuss, ein einziger Schuss.

Milton schrie auf. Zeigte nach drüben, wo der Stacheldraht sich hinzog.

Du kannst ruhig zu deinen Mädchen zurück, du bist in der Schweiz, sagtest du, Bruno, zu ihm.

Die Erinnerungen verschönen das Leben, aber das Vergessen allein macht es erträglich.

Bruno umfasst sein Glas mit beiden Händen.

I left my heart in San Francisco.

Bruno ist wieder Münchhausen, reitet auf den Melodien davon. Die Musik rieselt, blubbert in den Ohren, füllt sie mit Kadenzen und Synkopen.

Sie überspielt die Stunden, die Tage, die Wochen, die Zeit. Frankie-Boy altert nicht, und jedes neue Jahr müssen sie weiter vom Spiegel zurücktreten: damit the picture of Dorian Gray gewahrt bleibt.

Das gedämpfte Licht macht aus den Ruinen wieder ganze Städte, lässt die Altgoldrahmen um die Kupferstiche ihren rissigen Glanz ausstrahlen, als wäre vorgestern gestern und gestern heute.

Auf der Lokomotive stand, damals: Die Räder rollen für den Sieg.

Wir flüchten in die Vergangenheit, sagt Bruno.

Die Vergangenheit holt uns ein.

Werden wir abschwören wie Galilei?

11
   Gleich um acht musste ich zum Chef.
   Zu dipl. Ingenieur Hans Weiss.
   Wir nannten ihn den Weisswäscher.
   Er sah nicht auf, als ich eintrat. Er wies
nicht auf den Stuhl neben seinem Pult, den
er einem sonst anbot. Ich blieb halbwegs zwischen Tür und seinem Schreibtisch stehen.
Wartete.
   Er blickte kurz auf, versenkte sich anscheinend wieder in das Schriftstück, das vor
ihm lag.
   (Dies alles ist mir untertänig.)
   Die Normaluhr an der Wand klickte.
   Jetzt würde er mich nächstens durch den
Wolf drehen.
   Hinter ihm ein Ölgemälde. Rheinhafen.
   Ich will mich kurz fassen, sagte er, ohne
den Blick zu heben.
   Da er gebeugt sass, verweilten meine
Augen auf seiner Glatze. Ich wusste, dass er
regelmässig zum Hautarzt ging, weil es ihn auf
dem kahlen Kopf juckte.
   Eine spiegelglatte Glatze, gross und mächtig.
   Sie werden sich vorstellen können, weswegen Sie hier sind.
   Er sprach sehr beherrscht.
   Nach der Typenlehre von Kretschmer
ein Pykniker.
   Darüber hinaus ein Choleriker.
   Auf einmal brach es aus ihm heraus: Es
sei eine Schweinerei, ja, eine verdammte
Schweinerei, ohne Erlaubnis ein Flugblatt zu
verteilen, dazu in einem Staatsbetrieb und
erst noch in seiner Abteilung.
   Seine Adern an den Schläfen quollen an.
Neigung zu Schlagfluss. Wenn er sich auf dem
Stuhl bewegte, mit den Armen gestikulierte,
roch er nach Kölnisch Wasser.

Die Direktion sei sich einig. Solche Angestellte seien untragbar. Jedem stünden demokratische Möglichkeiten offen, aber nicht solche Revoluzzer-Methoden.

Wissen Sie überhaupt, was das ist? (Der Hemdkragen schnitt in den aufgeschwollenen Hals.) Das ist Zersetzung der rechtsstaatlichen Ordnung!

Seine Stimme überschlug sich; immerhin, es war heraus, seine hochgezogenen Schultern sackten ab, der Mann bekam wieder mehr Luft.

Aktionen dieser Art sind vielschichtig. Von der Ablehnung jeder den Einzelnen verpflichtenden Form und Ordnung bis zum Angriff gegen die bestehenden Institutionen sind alle Schattierungen möglich. Zivilverteidigung.

Sie sollten sich schämen Kramitsch. Sie können von Glück reden, dass Sie noch frei herumlaufen.

Er habe mich geschätzt, meine Arbeit. Doch jetzt sei eine weitere Zusammenarbeit unmöglich.

Solche, die den Staat wissentlich untergraben, gehören nicht zu uns. Verstanden? (Erneut dieser erschreckende Blutandrang zum Hirn.)

Die schriftliche Kündigung folge. Stille. Gehen Sie. Stille.

O wunderbares, tiefes Schweigen, wie einsam ist's noch auf der Welt.

Sie haben die Zensur eingeführt. Gestern haben sie es bekanntgegeben: Zeitung, Rundfunk, Fernsehen. (Mit dem Segen Harichs.)

Insbesondere gegen Pornographie aller Art.
Gegen die Verwilderung der Sitten.
Zum Schutz des gesunden Volksempfindens.
Zum Wohle der Jugend.
Dafür sollen echte Werte gefördert werden.

(Der Heimatfilm im Vormarsch. Unaufhaltsam. Der Heimatroman mit Lederrücken im Schrank.)

Das wird den Vontobel freuen.

("Wer Bücher kauft, geht zu Vontobel. Grösste Buchhandlung am Platze.")

Und wie sagt er jeweils, der gute alte Vontobel: "Ich weigere mich, solchen Dreck zu verkaufen, und wenn ich draufgehe." Wie wird die Konkurrenz sich dazu äussern? Gelegentlich Bruno anrufen.

Ruth sagte nur "Mein Gott", als ich es ihr sagte wegen der Kündigung.

Sie blieb lange in der Küche, spülte das Geschirr, plättete Hosen, Hemden, Taschentücher, Leintücher.

Wenn sie auch nur ein paar Worte mehr gesagt hätte.

Und als sie einmal schnell in die Stube kam, etwas holte, war ich Luft, einfach nicht existent. Eine Unperson.

Ruth liebt das geregelte Leben.

Ich hasse die Improvisation, hatte sie vor Jahren gesagt.

Ruth hat Grundsätze. Davon ist sie nicht abzubringen.

Wer nie verliess der Vorsicht enge Kreise, der war nie töricht, aber auch nie weise.

Das Ungebundene, das Warten auf den Zufall, das hat sie an Milton schon missbilligt.

Milton sagte: Sie ist eine wundervolle Frau, in den Fahrplan des Lebens verliebt, den es nicht gibt.

Für Ruth lässt sich alles organisieren, beinahe alles.

Die Liebe und die Gesundheit vielleicht ausgenommen.

Für Ruth ist das Zuhause Refugium.

Später, vor dem Zubettgehen, sagte sie noch einmal etwas zu mir.

Dass du dich einmischen musstest, wie dumm von dir.

Und dann fügte sie noch hinzu: Nicht einmal Milton hätte das getan.

Das geht mir nicht so schnell aus dem Kopf.

Ruth kroch ins Bett, drehte mir den Rücken zu und löschte das Licht.

Was man im Laufe der Jahre alles aufbewahrt: längst überholte Adressen und Telephonnummern, vergilbte Ansichtskarten (herzliche Feriengrüsse aus Mallorca senden Euch ...), alte Zeitungsausschnitte, Briefmarken (obwohl ich keine sammle) usw.

Die Kollegen beugen sich über ihre Zeichenbretter.

Ich drücke ihnen die Hand, sage "Auf Wiedersehen", weil man das so sagt, nehme meine volle Mappe und gehe hinaus.

Ein paar Minuten vor Arbeitsschluss, damit ich niemandem mehr begegne.

Der letzte Arbeitstag hier ist zu Ende.

Ich stehe vor der Haustür, suche die Schlüssel, kehre alle Taschen, Geldbörse, Kamm, Futteral für Nagelschere und Nagelfeile, Taschentuch, eine Zehnrappenmünze, ein Zettel mit einem unleserlichen Namen, der speckige Tabaksbeutel, die Pfeife und zwei Streichholzschachteln kommen dabei zum Vorschein.

e schimmlig-grien Stigg Kandiszugger,/ e Klee, vierblettrig und verblieht,/ e Mässer und e Hampfle Glugger,/ e Los, wo sicher nimme zieht. Blasius.

Nur die Schlüssel nicht.

Ich werde läuten müssen.

Das Klingelschild glänzt, die Putzfrau hat es gereinigt, wie jeden Freitag. H. Kramitsch steht auf dem Schild neben dem Knopf, den ich nun mit dem Zeigefinger der rechten Hand in seine Vertiefung drücken werde.

Auf andern Schildern steht noch der Name der Frau, und bei längeren Namen, zum Beispiel bei H.P. Müller-Amrein, ist, um Platz zu sparen, eine kleinere Schrift gewählt worden. Trotzdem verschwindet bei Amrein der letzte Buchstabe unter der Metallfassung.

Bei Amrei denke ich an Hahnrei.

Und H. Kramitsch, einfach H. Kramitsch, das sieht so aus, als wäre ich gar nicht verheiratet.

Kramitsch klingelt bei Kramitsch.

Ich warte, warte. Klingle nochmals, ein langgezogener Klingelstoss.

Ein dünner Summton gibt endlich Antwort.

Ich drücke gegen die Tür.

Im Hausflur beschlägt sich die Brille. Wie mich das ärgert. Ich nehme sie ab und will mit dem Taschentuch darüberwischen, lasse das aber, weil das Taschentuch nicht mehr sauber genug ist, um die Gläser zu reinigen.

Langsam steige ich die Treppe hoch.

Wie das Treppensteigen Mühe macht. Schon auf dem ersten Vorplatz muss ich anhalten. Die Jahre zeigen sich am kürzeren Atem. Und während ich Luft in die Lungen pumpe, öffnet sich die Wohnungstür von Frau Menz um einen Spalt.

(Was Frau Menz nicht alles weiss. Sie erlebt ihre Träume tagsüber.)

Ruth sei vor einer Stunde weggegangen.

Nein, gesehen habe sie nichts, aber sie kenne doch meine Frau am Tritt. Wenn man jahrelang zusammen in einem Haus lebt ...

Ich bin Frau Menz dankbar, dass sie mich nicht in der Kälte hat stehen lassen.

Unsere Wohnungstür ist nicht verschlossen. Seltsam.

Wie immer kann ich nicht sagen, wonach es bei uns riecht. Sicher nicht nach abgestandenem Essen, denn diesen Geruch hasst Ruth genauso wie ich.

Das haben wir gemeinsam.

Ich sitze allein im Wohnzimmer. Im Wohnzimmer rauche ich nicht mehr, wegen der neuen Polstermöbel. Der Kunststoffüberzug ist empfindlich, empfindlich auf die glühenden Tabakskrumen, die beim Anzünden des Tabaks im Pfeifenkopf hochsteigen und über den Rand kippen.

Meist aber erlöschen die Partikel schon in der Luft. Doch darauf kann ich mich nicht verlassen, der Stoff auf den Sesseln und dem Sofa verträgt das nun mal nicht. Selbst der Händler musste das zugeben, warnte vor der Brennbarkeit des Überzuges.

Dafür ist der Stoff schmutzunempfindlich und viel billiger als Wollstoff, zudem bleicht er an der Sonne nicht aus, ist absolut lichtbeständig. Ich garantiere es Ihnen, sagte der Händler.

Es ist aber auch wegen der Vorhänge, die Ruth erst reinigen liess; auch deshalb meide ich das Wohnzimmer, wenn ich rauche. Ich begreife, dass ich in der Stube nicht mehr rauchen kann, wir haben ja noch die Küche und den Hausflur.

Wie fruchtbar ist der kleinste Kreis, wenn man ihn wohl zu pflegen weiss.

Ich betrachte die Tapete. Drei Wände sind in einem sanften Zitronengelb gehalten, die vierte ist pastellblau. Ruth liebt diese Farben. Sie braucht das Wort 'liebt' oft in diesem Zusammenhang, eigentlich nur noch in Beziehung zu Gegenständen.

Es sind dies also Farben, die Ruth entsprechen, ihrem Wesen kongruent sind.

Ruth hat ein enges Verhältnis zu den Gegenständen in der Wohnung: sie verlangen keine Gegenseitigkeit, sie sind einfach da. Sie benötigen nichts weiter als Unterhalt, und den gibt ihnen Ruth grosszügig.

Die Böden sind stets frisch gebohnert, die Möbel sind poliert, widerspiegeln die Nippsachen. Die Fransen am Teppich liegen geordnet, straff, als wären es Zähne eines Riesenkamms. Die Zeitungen und Zeitschriften sind ausgerichtet und ihrer Grösse nach geschichtet, die Blätter der Zimmerpflanzen glänzen. Die Fabeltiere auf dem Teppich sträuben das Fell. Ich getraue mich kaum, darauf zu gehen.

Wo Ruth nur so lange bleibt?

Ich finde den Schlaf nicht, er versteckt sich, nuschelt sich unter Blätter wie ein Wiesel. Um mich ist wache Leere.

So plötzlich und ohne Nachricht zu hinterlassen ist Ruth noch nie weggegangen, auch nicht zur Arbeit.

Vielleicht täusche ich mich, täuschen wir einander.

Selbsttäuschung.
Auch die Fahrt Miltons war eine Täuschung.
Die Vergangenheit ist eine Geisterstadt, die immer mehr im Boden versinkt.

Milton spielte mit der linken Hand unablässig an einem Mantelknopf, sprach leise, die durchfahrenden Autos nahmen einzelne Wörter mit. Ich musste mit meinem Kopf ganz nah an den seinen heran. Miltons Atem strich warm über mein Gesicht.

Seine schwarzen Haare schienen angeklebt, die Haut hatte die Farbe von Kalk.

Oder war Miltons Gesicht eine Maske, eine No-Maske?

Er hatte keine Nachrichten über seine Eltern von der Reise mitgebracht.

Milton erzählte von den Vögeln, die eigentlich gar nicht dazugehörten oder zumindest nicht so wichtig waren, dass er sie gleich zu Beginn hätte erwähnen müssen.

Da waren die Vögel, sagte er, ganze Schwärme von Vögeln. Sie sassen auf den Simsen der Fenster, flogen weg, als ich näherkam, flogen in die Räume dahinter, und da sah ich, dass keine Räume mehr dahinter waren, hinter den Fassaden, nur ein einziger grosser Raum war geblieben, und dorthin flogen die Vögel.

Und der Mann?
Un tricheur. Er betreibt ein Kino in einer Baracke. Neben seinem Tisch lagen zwei Kartonschachteln voll Glühbirnen. Das ist nötig, sagte der Mann, die Leute warten nicht mehr gerne im dunkeln, sie wollen Licht, viel Licht.

Wir standen auf dem Trottoir, ein Hindernis für die Leute, die einen Bogen um uns machen mussten.

Und dieser Schmidt sagte, er sei nicht der, den ich suche, er sei stets der andere gewesen, einmal der Schmidt mit dt und einmal der mit tt oder bloss mit d, nur so komme man durch.

Pourquoi toujours se plier à la dictature de la difficulté?

Mon séjour est terminé.

Danach sah ich Milton nur noch ein einziges Mal.

Ich habe einen schalen Geruch im Mund.
Essiggurken in Marmelade.

Ich stehe nochmals auf, gehe ins Badezimmer und reinige die Zähne, zum zweiten Mal heute abend.

Ich spüle die Wörter hinunter wie Mundwasser, das man eigentlich ausspucken sollte. Davor ekelt mich aber. Wenn ich das Mundwasser ausspucke, muss ich die Augen zudrükken, sonst sehe ich im Spiegel, wie das Wasser zwischen den geöffneten Lippen und den Zähnen hervorstürzt. Also schlucke ich das Mundwasser hinunter. Aber warum spüle ich überhaupt mit Mundwasser?

Wegen Ruth.

Du riechst wieder nach Rauch, sagt sie und dreht sich weg, als hätte ich die Krätze.

Früher hast du gar nicht geraucht, dann nur wenig und heute sind es vier Pfeifen am Abend, sagt Ruth.

Pfeifenrauchen schadet der Gesundheit nicht, antworte ich, obschon das nicht richtig ist.

Der Gesundheit vielleicht nicht, sagt Ruth, aber schau dir einmal die Decke im Flur an, erst vor ein paar Monaten haben wir sie weisseln lassen und schon ist sie wieder braun vom Nikotin. Und überall die vollen Aschenbecher, überall Tabaksreste.

Es wäre viel einfacher, ich gäbe das Rauchen auf, es wäre gesünder und erst noch billiger. Auf das Mundwasser könnte ich ebenfalls verzichten.

Aber ich könnte nicht mehr schweigen, abends. Ich müsste reden bis gegen acht. Um diese Zeit ist sowieso Schluss mit dem Reden – dann sitzt Ruth vor dem Fernsehapparat.

Ruth spricht auch sonst kaum mehr mit mir.

Die Nacht kriecht.
Wie stehen die Monde?
Was steht in meinem Horoskop?
Veränderungen und Neuerungen erwarten Sie. Uranus, der Planet der Spannungen und der Rebellion, beherrscht ihr Gegenzeichen, die Waage.

Vor allem im März Geborene sollten sich vor abrupten Handlungen und Entscheidungen in acht nehmen.

Hüten Sie sich in den nächsten Tagen, Opfer von Täuschungen und Trugschlüssen zu werden.

Ich schliesse die Illustrierte, lege sie aufs Nachttischchen und knipse das Licht aus.

Die Falken stechen aus dem Licht wie Jagdflieger. Ich kann die schwarzen Punkte nicht erkennen, wenn sie aus der Sonne auf mich zufallen.

Ich krümme mich unter den Hieben ihrer Schnäbel.

Sie gehören zu meinem Schlaf, die Falken.

Eine Nacht ohne Falken kann ebenso verdächtig sein, wie wenn sie erfüllt wäre mit dem Rauschen ihrer Flügelschläge.

Ich bücke mich, wenn sie kommen, werfe mich auf den Bauch, biete ihnen den Rücken dar und rette so meine Augen.

Langsam habe ich mich an ihr Spiel gewöhnt, ich möchte sogar behaupten, dass sie es nicht blindlings auf mich abgesehen haben, sondern gewisse Spielregeln einhalten.

Diese Nacht werden sie kommen. Ich höre ihre Flügel, wie sie die Luft hinter sich schlagen.

Bald werden sie mit angelegten Schwingen auf mich zustürzen. Ist ein Fluss in der Nähe, so springe ich ins Wasser, tauche unter ihren Schnäbeln und Krallen weg, tauche erst auf, wenn ich Luft holen muss.

Dann kreisen sie wieder weit oben, aber ihre Augen kennen keine Distanz, sie haben mich längst ausgemacht, fallen in Formation herunter, während ich wieder nach unten schwimme, ins Algengrün, in die Nacht, bis meine Lungen gegen die Rippen jappen.

Einmal muss ich wieder Luft holen.
Die Falken haben Zeit.
Eine Nacht ist lang.

Früher war alles ganz anders. Da gab es noch Zusammenhänge. Oder meine ich das nur, weil ich auf der Flucht bin?

Wir machen den Himmel ein bisschen grösser, damit die Erde kleiner wird. Lufthansa. But travellers must be content. Shakespeare. Sie weiss es. Sie ist das Mädchen, das Sie verwöhnt ... als wäre es Liebe. Singapore Airlines.

II. Teil

1
    Ich hätte nicht durch den Garten zu gehen brauchen.
    Nur wegen der Blumenfrauen mache ich diesen Umweg, gehe ich auf diesem Schwesternpfad, vorbei an den Blechcontainern mit der schmutzigen Wäsche voller Ausscheidung, gelber, roter, bläulicher Flecken. Die Laken stehen vor, der Wind wickelt den Geruch ein und trägt ihn paketweise fort.
    Der Pfad ist geschwungen, verschlungen, ein Darm.
    Ich gehe schneller, langsamer, schneller. Der Gestank holt mich ein, da nützt mein peristaltischer Gang gar nichts. Erst die Pathologie bietet Schutz, leitet den Wind in eine andere Richtung.
    Ein VW Pic up fährt eine Ladung Särge heran, karbolinierte Kisten. Der VW Pic up holpert, er hat zuwenig Last, als dass die Federn die Bodenunebenheiten ausgleichen könnten.
    Die Kisten poltern gegeneinander, die Deckel schlagen auf und zu.
    Tack, tack, tack. Klappernde, hungrige Krokodilsmäuler.
    Klapperbein.

    Die Sonne scheint flach durch die Kunstglasscheiben der Eingangshalle. Der Fischer, an trüben Tagen braun wie ein Sizilianer, sieht heute gelbsüchtig aus. Noch immer sind seine

Arme ausgestreckt, die Muskeln gestrafft, noch immer versucht er, das Netz hochzuziehen.

Im Sommer, wenn die Sonne prall durch ihn hindurchleuchtet, könnte er auch ein friesischer Fischer sein.

In die Eingangshalle bricht Leben. Besuchszeit. Ich sehe die Asternfrauen, ihre runden Hintern und langen Röcke, aus denen die schweren Beine wie Pfeiler gegen den Boden stemmen.

Die Halle hat die Stille und das Treiben jener riesigen Empfangsräume, wie sie in den Hotels aus der Gründerzeit etwa anzutreffen sind. Umgebaut, modernisiert die Architektur, beibehalten die Polstersessel, abgenutzt und schäbig.

Da sind die Portierloge mit den zurückgezogenen Vorhängen, ein Kiosk, an allen Ecken und Enden Blattpflanzen, der glänzende Steinboden, worauf es sich leicht hinschlagen lässt.

Der Blick hinaus in den Garten mit den Kranichen im Sommer.

Und Blumen, Hände voll Blumen: Astern, Margeriten, Tulpen, Gladiolen, Veilchen, Vergissmeinnicht. Das riecht und leuchtet aus dem knisternden Seidenpapier hervor, knistert und leuchtet und riecht durch die Halle.

Und ich stehe jetzt mitten drin in den Leuten: den Frauen, die ihre schönsten Kleider und Hüte hervorgeholt, den Männern, die ihren Sonntagsanzug und ein frisches Hemd angezogen haben, auch frisch rasiert sind.

Ich wollte, es käme mir etwas in den Sinn,
etwas Verrücktes; ich würde das Verrückte,
mir plötzlich Eingefallene hinausrufen in die
Halle wie ein Zeitungsverkäufer die Schlagzeilen
ausruft, so möchte ich die Akustik der Halle
prüfen, die Leute aufschrecken, damit sie inne-
hielten, nicht mehr weitergingen, dass die Portiers ihre Gesichter hinausstreckten, dass die
Kioskfrau die Illustrierte, die sie soeben verkaufen will, fallen liesse, dass ein zufällig da-
herkommender Arzt auf mich stürzte, mir den
Mund zuhielte und riefe: Sind Sie verrückt?

Aber mir fällt nichts ein, das verrückt
genug und doch dieser Umgebung gemäss wäre,
hierher passte, aber dennoch fehl am Platze
wäre, so etwas geht mir nicht durch den Kopf.
Ich bleibe stumm, könnte höchstens diesen
Satz, der mich auf der Zunge brennt, hinaus-
schreien:

Es fehlen die Pfauenfedern
Es fehlen die Pfauenfedern
Warum verkauft niemand Pfauenfedern
mit dem schillernden Spiegel?

Und wäre ich Turner, ein strammer Kerl,
so würde ich noch das Rad dazu schlagen.

Um den Kiosk drängen sich Männer in
Trainingsanzügen und Frauen in Morgenröcken.

Wer den Kiosk schafft, schafft auch den
Garten, und wer in den Garten kann, der wird
bald entlassen. Sagte Ruth einmal. Das war im
Sommer.

Vor den Aufzügen stehen Pensionierte in weissen Kitteln und schleusen eine Stunde Zuversicht zu den Kranken.

Es kommen viele Besucher heute, und so werden die normalerweise für den Bettentransport bestimmten Aufzüge freigegeben. Die Gesunden brauchen weniger Raum: zwanzig haben Platz in einer Kabine. Die Aufzüge sind auf Schnellfahrt eingestellt. Die Zahlen an den Tafeln leuchten kurz auf, kippen weg, leuchten auf, kippen wieder weg.

Wie auf dem Kalenderblock, wenn man rasch durchblättert.

Trickfilmpantomime.

Absolute Pantomime. Ad absurdum geführte Pantomime. Die Besucher haben kein Gesicht, keinen Ausdruck mehr, oder doch:

nur einen Ausdruck, einen einzigen, bis vor das Bett des Kranken, des Vaters, der Mutter, der Tochter, des Sohnes, des Verwandten oder wessen Bett auch immer.

Anspruchsvolle lassen sich privat behandeln.

Da huscht noch einmal etwas über das Gesicht des Patienten, wie ein Eichhörnchen wieselt's davon, das Lächeln, verzieht sich wieder, und der Besucher steht vor dem Bett, und sein Lächeln bleibt eine Spur zu lang, zeigt zuviel aufgemalte Hoffnung auf das Nachher, ein Nachher, das vielleicht gar nie kommt.

Aber das gierige Tier kümmert sich nicht darum, frisst ruhig (seelenruhig?) weiter und

weiter, hat jetzt eine Stunde Verdauungspause,
bis die Besucher fort sind, dann stöhnt das
Tier auf und hackt von neuem seine Zähne in
das wunde, braune Fleisch, um noch möglichst
viel vor der Fäulnis wegzukriegen, was die andern zu verhindern suchen mit Operationen,
Bestrahlungen, Tabletten. Und mit den Spritzen
schläfert man bloss den Patienten ein, nicht
aber das Tier mit seiner Krokodilshaut, mit
seinem Krokodilshunger.
    (Circulatio est veritas, Herr Kollege.)

    Im Aufzug darf man sich nichts anmerken
lassen, darf man das Gefühl der Unsicherheit
niemandem zeigen, in der Kabine ist gleichgültige Starre.
    (Wer macht sein Bett dem Nächsten frei
und geht über die Rampe zur Pathologie weg?)
    In einem Aufzug spürt man die eigene
Schwere nicht.
    Die Lüge ist federleicht.

    Die Schwestern sind Trugbilder Täuschungen verabreichen ein Leben lang wenn sie nicht
heiraten Medikamente es hängt vom Heiraten
ab ob sie ein Leben lang Medikamente verabreichen müssen und die Schwestern geistern in
den schwachen Hirnströmen der Kranken als
Trugbild als Täuschung sie durchbrechen als
letzte mit ihrer Stimme oder mit ihrem Bild
die Schranke hinter der alles abfällt in den
Abgrund die Schwestern kommen alle von

Trapezunt sie alle müssten diese Stadt kennen
diese Stadt auf dem Felsvorsprung erbaut die
es sich so leicht macht und die Kranken und
Verbrecher und die Verfemten hinabstösst
über den Fels wo sie vom leckenden Meer geholt und hinausgetragen werden und nie mehr
zurückkommen auch nicht mehr auftauchen
so dass bald niemand mehr von ihnen spricht.
    Zimmer desinfizieren.
    Bett desinfizieren.
    The end. Fare thee well, an if for ever,
then for ever, fare thee well!

    Hans Kramitsch wartet.
    Der Wartende denkt nach.
    Erste Feststellung des Wartenden:
    Hier ist Zeit kein Begriff des Nachein-
anderseins.
    Als Gesunder hat keiner ein Recht, ein-
zugreifen in die Zeit, die hier nichts zu tun
hat mit dem überholten Rad, das vorwärtsrollt.
    Er muss die
astronomische Zeit: Sonnenzeit und Sternzeit,
vergessen.
    Zweite Feststellung des Wartenden:
    Es gibt keine Aussenwelt. Die Worte sind
nicht konvertierbar.
    Der Kunststofffaden, der cat-gut, womit
die Ärzte die Operationswunden zunähen, ist
Schicksalsfaden. Der Mythos hat einen weissen
Mantel an.

Die Menschen sind teilbar in Heilbare und Unheilbare.

Bei Föhnwetter oder andern für die Patienten widrigen meteorologischen Einflüssen schalten sich die Pfarrer vermehrt ein, machen Überzeit.

Die Kurven der Mortalitätsstatistiken haben an solchen Tagen einen geblähten Bauch.

Dritte Feststellung des Wartenden:

(Diese Feststellung ist eine mehr oder weniger wörtliche Wiedergabe einer Äusserung Ruths.)

Es gibt keine geschlosseren weltlichen Gebilde in einem Staat als Gefängnis und Spital. Kranke und Straffällige sind Ausgestossene.

Il est difficile à celui qui vit hors du monde de ne pas rechercher les siens. Malraux.

Für die draussen ist der Zufall ein ungeschminkter Clown.

Sagte Ruth.

Frage: Ist der Zufall ein ungeschminkter Clown — ein Clown mit weiten Hosen und langen Schuhen, vorn mit Füllmaterial gestopft, damit sie beim Gehen hin und her schwappen?

Manchmal bricht er aus, der Clown, verkleidet sich, zieht einen dunklen, modern geschnittenen Anzug an, bindet eine gestreifte Krawatte um auf sauberem, weissem Hemd mit Manschettenknöpfen aus Silber an den Umschlägen, und zum Schluss setzt er sich noch den passenden Hut auf.

Geht in die Stadt. Steht und sitzt in der Eingangshalle des städtischen Krankenhauses und wartet.

Wartet auf Ruth, die schon gestern hätte nach Hause kommen sollen.

2

    Ruth hatte einen blauen Rock an, damals.
Ruth hatte ein rostbraunes Keramikseepferdchen zwischen ihren Brüsten, damals.
    Das Keramikseepferdchen, der Hippokamp, der Algenfisch nistete sich ein zwischen den Brüsten von Ruth, seine röhrige Schnauze stiess an die rechte Brust, sein Wickelschwanz rieb sich an der linken Brust. Und beugte sich Ruth nach vorn, so kam er hervor aus seinem Grübchen, baumelte gegen mich, äugte, misstraute mir, floh sofort wieder in das weiche Fleisch, kam ich mit der Hand zu nah.
    Ich liess die Hand auf dem Tisch liegen.
    Das Seepferdchen störte mich. Ich hätte es gerne Ruth abgenommen, weggenommen und durch das blitzschnell geöffnete Fenster ins Wasser unter uns geworfen.
    Der Kellner hiess Rino. Oder nannte sich so.
    Rino ging wie ein Seemann. Er hatte Säbelbeine. Das Restaurant hatte einen falschen Namen.
    Wie treffend wäre River boat oder Mississippi steamer gewesen.
    Tisch war satt an Tisch gereiht, wie auf dem Oberdeck eines Vergnügungsdampfers. Und das Promenadendeck stand weit ausladend vor, ging über den Bug hinaus entgegen den Regeln der Schiffsbauerkunst, ragte übers Wasser, das unten vorbeigurgelte.
    RRRRrrrrrRRRRrrrrrRRRR and so on.

Der Fluss scheuerte an den Pfeilern der Brücke, schlug Funken, die Lichtreflexe torkelten von einem Ufer ans andere: Kreise, Punkte, Kringel, Halbmondkurven, Semmelbogen, Pfeile, kyrillische Schriftzeichen.

Ruth versank im Fluss, ging unter, lautlos, eine Welle löschte ihr Gesicht, überspülte ihre Haare.
Ruth wurde abgetrieben in die Nacht, hinunter zur Grenze, gegen die Stauwehre zu, gegen die Rechen, wo alle Ertrunkenen hängenbleiben.
Eine Zeile darüber für die Lebenden in der Lokalpresse.
Die Wärme machte die Körper anschmiegsam.
Aber Ruth sagte nichts, wehrte sich nicht gegen die Stimmen, gegen das feiste Grinsen und das hohe Lachen, gegen die Fistelstimmen, die sich ineinander verwoben, verknoteten, verhakten und verschlangen zu einem schrillen Crescendo und weichen Diminuendo.

Ruth auf dem Deck des Motorbootes.
Betriebsausflug.
Hurra! Wir machen einen Betriebsausflug.
Mit dem ganzen Trara.
Und alle freuen sich und lachen, und wer sich nicht freut, der hat sich zu freuen. Alles drängt sich auf dem Vorderdeck zusammen, lässt sich den Wind ums Gesicht schlagen. Man

spürt zum ersten Mal wieder seit langem, dass man noch ein Gesicht hat.

(Das Motorboot zieht dahin. Die Ufer gleiten nach oben, rheinaufwärts. Im Gehölz nisten Blässhühner und Enten. Oh wie wundervoll!)

Das Motorboot schneidet das Wasser auf wie ein Büchsenöffner das Blech der Konservendose, dieses graublaue, angelaufene Blech, das so aussieht wie der Himmel über dem Schiff.

Und später, im geschlossenen Zwischendeck, trinken sie alle Zweifel des Alltags weg.

Oben steht der Steuermann, dreht am Steuerrad, kennt die Strecke, fährt sie schon zum hundertsten, zum tausendsten Mal, hier hat das Wasser keine Tücken, hier wird man alt als Steuermann, das ist kein Ganges oder Amazonas und das Schiff ist kein baufälliges Fährboot mit doppelt sovielen Passagieren als an einem verrosteten Schild irgendwo einmal vermerkt wurde.

Das Wasser hat keine Stromschnellen, das Flussbett keine Sandbänke, die Geschicklichkeit erfordern, einen Lotsenblick. Dieses Wasser lässt keine Hoffnung auf Heldentum übrig. Das ist kein Strom für Abenteurer, das ist ein Strom für pensionsberechtigte Matrosen.

Da bleibt als Abwechslung nur das Tonband.

Der schwielige Zeigefinger des Steuermannes drückt die Taste, die Musik übertönt alle Geräusche des Stromes –

Das Lied von der Leier
das Leierkastenlied
die Gespräche um Immer-wie-Immer
bramarbasierend

Rhabarber und Proportionalitätsfaktor
Man lehrt das den Schauspielschülern, den
Statisten:
das sei das Volksgemurmel bei Unmut,
Freude, Schmerz,
für alles Rhabarber und Proportionalitätsfaktor.

Inmitten des homerischen Gelächters betrachte ich das Plakat zwischen zwei Messing-
stangen hinter einem Plüschsofa mit Beschlägen,
auf der fournierten Wand, wo vielleicht einst-
mals ein Bild von einem Schiff der Nord-Ame-
rika-Linie, der Cunard-White-Star, gehangen
hat, lese den Titel des Films, der demnächst,
und betrachte das Bild rhaboidisch gerastert:
La bellezza del bagno.
Sie hält ein Bein über den Rand und
zeigt mit dem Fuss zu den Sternen.
Der Mann greift aus dem Plakat danach.

He, Steuermann, spielen Sie den Radetzky-
marsch,
he Steuermann!
Rascheln Sie durch Herbstlaub,
lassen Sie Nebel wallen,
jeder von uns hat alles, was er braucht,

erfinden Sie mal etwas Neues,
öfter —
und vergessen Sie nicht: Die Nelke im Knopfloch.

Ich halte mein Glas in die Höhe, trinke den Umstehenden zu, wie sich's gehört und wie es alle voneinander erwarten.
Der Dieselmotor treibt die Gesellschaft mit halber Kraft Breisach entgegen, dem Mons Brisiacus der Römer, Festung des Heiligen Römischen Reiches Deutscher Nation, erbaut auf einem Basaltfelsen, der langsam zerfällt, dem das Stephansmünster zu schwer geworden ist.

3
Ich blickte aus dem Fenster, aufs Wasser, das ein paar Meter unter uns gluckerte, blubberte, gurgelte, platschte, spülte. Der Tisch war klein. Ich wusste nicht, wohin mit den Beinen, auch Ruth rückte mit den Beinen hin und her.

Vielleicht hätte es Ruth geduldet, wenn ich mir Platz zwischen ihren Beinen gesucht hätte, meine langen Beine zwischen ihre Oberschenkel gestellt hätte.

Ich spürte, wie sich meine Beine verkrampften, ich suchte vorsichtig Platz unter dem Tisch, schob ein Bein nach vorn, das andere mehr zur Seite, tastete den Platz ab, während ich auf der Tischplatte die Speisekarte durchblätterte.

Der Kellner brachte die Weinkarte. Rino mit den krummen Beinen, mit den Türkensäbelbeinen, stand vor uns, lächelte, legte die Karte hin.

Warum sind Weinkarten in Leder gebunden?

Ich stiess mit einem Bein an Ruths Knie, aus Versehen. Ruth hielt die Beine geschlossen, da gab es keinen Einlass, ich musste die Beine seitlich durchschieben, zwischen den Beinen von Ruth und den Tischbeinen.

Ruth konnte sich nicht entschliessen, heute.

Entschlossenheit im Unglück ist immer der halbe Weg zur Rettung.

Sie las halblaut, verglich, sagte, aber diesmal zahlen wir getrennt, verlief sich im Dikkicht der gastronomischen Wörter.

Selbstverständlich: ich musste Ruth eine Anlaufzeit gewähren, bis sie sich gelöst hatte vom Lysolgeruch, dem Fieberthermometer- und Spritzengeben und der sterilen Weisse des Sterbens.

(Kürzlich habe ein Patient, ein Engländer, während der Morgentoilette zu Ruth gesagt: Go as far as you can — and I'll do the farest.)

Rino stand vor uns, endgültig, wie ein Paradesoldat eines Duodezfürstentums, voll Würde, hielt den Notizblock vor sich hin, setzte den Kugelschreiber aufs Papier, blickte von mir zu Ruth, von Ruth zu mir —

Herrgottnochmal, das Stichwort!

So sei's: zweimal Filet Gulasch Stroganoff und eine Flasche Pinot noir.

(Weinprobe: unhörbar schlürfen, die Zunge rollen, bedächtig die Kehle hinunterrinnen lassen.)

Gut.

Ich stiess mit Ruth an, sah ihre breite Unterlippe, die sich vorwölbte, eng an das Glas schmiegte, sah die rote Flüssigkeit, wie sie gegen den Glasrand zurann und sich mit dem Lippenstiftrot (Chu Yen?) auf Ruths Lippen vermischte, sah die gespannten Halsmuskeln.

Der Abend hatte begonnen.

Faites vos jeux.

Pan spielt Flöte, lockt aus dem Wald, lockt in den Wald, verlockt.

Es drängt die Zeit zum Vesperbrot mit
Wein, viel Wein, zum Vesperbrot im Freien.
Da sitzen sie um einen Eichentisch, vergessen
alten Hader, prosten einander zu, trinken, bieten das Du an, das am andern Tag schon bereut
wird.
Wem Gott will rechte Gunst erweisen ...
Irgendeiner am Tisch beginnt zu singen,
falsch, aber laut. Die übrigen stimmen ein, aber
der Gesang trägt nicht, will nicht gedeihen.
Erst als der Chef aufsteht, sich räuspert und
mit seinem Bass 'Marianka' zu singen anfängt,
kommt schliesslich ein Gesang zustande.
*... wer das Singen recht versteht, ist aller
Herzen König.*
Das Lied reisst mit, und wer von den Männern das Lied nicht kennt, ist kein richtiger
Mann, ein Schlappschwanz ist er.
Der Chef ist im Militär Major.
Auf den Flügeln des Gesanges.
Doch plötzlich geht auch dieses Lied unter,
scheitert an der zweiten Strophe, löst sich auf
in Lalala.
Aus.
Den Chef-Major überwältigt die Erinnerung,
trägt ihn davon; er gibt sich ihr hin, wandelt
auf grünem Boden, verliert immer mehr den
Boden, kippt weinselig zurück an einen Baumstamm, den Bauch bacchantisch gedunsen.
Schnellt auf einmal hoch, streicht sich mit
der rechten Hand die Haare aus der Stirn (die
Schläfe entlang), steht da als stünde er neben

dem Fahrer im Jeep, grüssend, als nähme er an der Spitze des Regiments eine Parade ab.

... und die Frauen stehen mit den Kindern auf dem Arm und an der Hand Spalier. Es defiliert die Einheit (was soll das bedeuten?) zu Fuss, auf Panzerattrappen, Camions, Geländewagen. Hei, da flattern die Taschentücher und kommen die Tränen der Rührung. Ganz vorn schmettert die Musik, das Regimentsspiel, die Blechinstrumente blitzen, nach allen Seiten sprühen Funken vom blanken Metall.
Hurra, das Militär ist da!
Die Serviertöchter lassen die Zivilisten, die sich zu dieser Stunde ins Wirtshaus verirrt haben (Banausen!), warten, springen hinaus mit ihren kleinen, weissen Schürzen, dass der Geldsäckel gegen das Ypsilon des Schosses schlägt. Sie rennen auf die Strasse, nichts hält sie mehr zurück, und winken, ohne auch nur ein Gesicht zu erkennen.
Denn marschiert wird schneidig.
Muss i denn, muss i denn zum Städtele hinaus ...

Da entgleiten sie, die Kämpfer, die abends so lustig waren —
Und alles ist vorbei.
Der Pfarrer atmet auf.
(Allerdings: Um sechs Uhr morgens steht keine Wache mehr bei der Kirche und hilft den krummbuckligen Weibern das Portal öffnen.)

Der Lehrer turnt wieder im Freien mit den Mädchen und übt abends mit dem Männerchor im 'Ochsen', wo nun keine Soldaten mehr einquartiert sind.

Nur riecht es noch nach Schweiss und Leder.

Die Instrumente blitzen ein letztes Mal auf, vor dem Bahnhof, die Lungen pressen noch einmal Luft in die Trompeten, Hörner und Posaunen, sie klingt mächtig über das Dorf hin, die Melodie:

Es zog ein Regiment das Unterland daher ...

4

Der Wind pfiff am Fenster, pfiff eine Melodie durch die Ritzen — ein kalter, scharfer Singsang —, blies den Dampf über den Speisen weg, kühlte die erhitzten Gesichter, nahm uns die Wörter mit, verdrehte den Sinn des Abends, jagte Gänsehaut den Rücken hinunter, rüttelte am Fenster.
Ruths Keramikseepferdchen verkroch sich, verschloff im Grübchen, Ruth ass langsamer, setzte die Gabel öfter ab, war geistesabwesend, glaubte an Geister, war abergläubisch, suchte mit verängstigten Augen den Wind, dabei sollte der Abend schön sein wie das Brautbukett und erst am Morgen sollten die Blumen welken und in der Vase verwesen.

Die Kellner traten aus den Türen und trugen die Speisen vorsichtig wie das zerbrechliche Glas einer Muranofigur.

Der Wein beflügelte die lahmen Zungen und liess einen goldenen Himmel tanzen. Aus dem Getäfer stieg der Dunst der Lungen, Rauch zog Fäden in die Vergangenheit, die nie so warm war wie jetzt, wo sie dalag und sich preisgab für den Lohn einer lachenden Lüge. Die Brüste der Frauen drängten nach Berührung, die Muskeln der Männer spannten sich.

Wo sind die Narrenmasken, die Bärte und Schnäuze?

Tanz und Mummenschanz.

Und der Raum wächst in immer grössere Weiten, ein Park umgürtet den Saal, durch den Park zieht der Fluss und an den Ufern stehen Marmorbilder. Wasserkünste tränken die beleuchtete Nacht, und Kastraten und Primadonnen geben zu Ehren der Mätressen ein Ballet. Wer will heute noch behaupten, die Siener hätten den besten Aufzug ersonnen, Bentivoglio hätte am besten mit der Lanze, Piccolomini mit dem Schwert und Biffoli im Gesellengefecht gekämpft?

Der Fluss wird immer schwärzer.

Wir sitzen über dem Fluss, sind Protagonisten und Komparsen zugleich. Und es bleibt abzuwarten, bis sich die Laune richtig angefacht hat am Zunder der Dunkelheit und der Körper unter barocken Putten. Mitten in den Jubel wird die Nachricht von einem Angriff auf die Festung des Mars hereinplatzen. Da sind schon Laufbrücken gelegt, und Elefanten tragen die Angreifer an die Mauern der Festung heran. Aber der Sturm wird noch einmal abgeschlagen im Gekreisch der Frauen, die sich winden vor Furcht und sich dennoch den Fremden darbieten.

Damit ist es so weit gekommen, dass der Bestand der Ordnung für viele bedroht erscheint, wenngleich sie es erst bei Lichte besehen zugeben werden.

Eine Feuerwolke zerstört den Lusthof des Paris, wir werden dem Fotografen den Apparat entwinden müssen, um zu verhindern, dass die Szenerie entweicht aus seiner camera obscura, sind doch alles wohlanständige Menschen hier, die im gewöhnlichen Ablauf des Lebens keine Versager sind und das Richtige zu tun wissen. Sie schreien, um ihre Rache wenigstens einigermassen zu kühlen. Dann zeigt sich wieder die Festung des Mars und in ihrer Mitte ein Turm, worin der Zankapfel verwahrt ist. Auf eine Lösung des Problems hat kein Prolog vorbereitet, der auf dem Teatro della gloria mundi spielen sollte, wo sich vor dem Tempel des Amor und Hymenaeus die Allegorien des römischen Reiches, der spanischen Monarchie, des Erdteils Amerika, der deutschen Erblande und der Königreiche Ungarn, Böhmen, Italien und Sardinien zeigen.

Zwei Schatten vereinigen sich im Hintergrund zwischen den Säulen, wovor die lebensgrossen Reiterstatuen österreichischer Herrscher in den Saal reiten.

Il pomo d'oro wird heute abend nicht verschenkt, denn die Infantin friert. Wäre meine Infantin eine rothaarige Irin, sie gäbe dem Hengst die Sporen, dass sich sein Fell entzündete am Wind.

Unsere Zeit war knapp bemessen.
Ruth tauchte die Spitze des Löffels in die immer weicher werdende Masse des Eises, das sie sich zum Nachtisch bestellt hatte. Ihre Zunge fuhr langsam, genüsslich die Unterseite des Löffels entlang. Ruth rieb mit den

Lippen den Löffel ab, rieb die Oberlippe an
der Unterlippe, die Unterlippe an der Oberlippe. Die Löffelspitze hatte sich rot gefärbt,
die Höhlung des Eises, dort, wo Ruth abstach,
war rot, die Spitze von Ruths Zunge war rot,
röter als sonst.
    Nymphe, verdammtes Luder.
    Hans Kramitsch, Don Quixote de la Mancha, Ritter von der traurigen Gestalt.

    Da sind wieder die Hochkamine.
    (Schau mal, Hans, diese Abendstimmung.)
    Das sollte man unbedingt fotografieren.
    Es war ein schöner Tag. Ja?

5
Es ist drei Uhr vorbei. Ruth ist nicht gekommen.
Die Besucher strömen zurück, mit leeren Händen. Die Blumenfrauen sind fort.
Die Patienten irren durch die Wörter, durch die Wünsche und Zuversichten, die ihnen zugeflüstert wurden; die Sätze bohren sich wie Würmer durch die Ohren, fressen sich durch die Gehörgänge ins Gehirn und nisten sich ein, bohren dort weiter, die Würmer, lassen die Kranken nicht zur Ruhe kommen, vermehren sich, sondern den Speichel der glattzüngigen Hoffnung ab, treiben die Fieberkurve nach oben.
Ich stehe vor der Scheibe, vor dem Glas, und blicke hinaus auf den Spitalgarten. Schwere Wolken schieben sich unter den Himmel. Das Wetter schlägt um. Der Totenwagen gleitet wie ein Rabe den schmalen, dürren Rasen entlang.
Der Atem hätte eine Seidenschärpe umgebunden, draussen.
Der Oberportier wird bald sein scheinheiliges Gesicht zu mir hertragen und mich mit scheinheiligen Fragen aushorchen.
Die Flure sind so lang, werde ich sagen, Schwester Ruth wird bald kommen. Ja, ich bin verabredet.
Das Gesicht des Portiers ist blass, talgig, schimmert wie der Bauch eines Fisches. Allein schon der Gedanke an Talg macht meinem Magen zu schaffen.

Talg, Unschlitt, Margarine, Stearin, Kerzen, Seife.
Und die Leiter zurück:
Seife, Kerzen, Stearin, Margarine, Unschlitt, Talg.
Die tranigen Gesichter der Portiers.
Ich weiss nicht, wie man mit Kaltblütern fertig wird. Die Kiemen sind mir unheimlich. Mein Magen dreht durch. Ich muss mich hinsetzen.
Kramitsch, Mann, nicht schlapp machen, jetzt, durchhalten, wenn die das sehen in der Portiersloge, die lachen sich krumm, wenn du dich krümmst.
Kramitsch, Mann, nur nicht umfallen, jetzt, die holen dich, holen alles aus dir heraus, da bleibt nichts mehr drinnen als die Innereien. Strammstehen, Atem holen, der Magen wird seine Schlingerbewegungen schon aufgeben.
Die Front verkürzen, Rückzug decken, langsam den Flügeltüren zu, schön sachte an den Pförtnern vorbei.
Wie sagte Harich? Das Leben ist Kampf, sagte er.
Und wie das Glas trennt. Draussen ist eine andere Welt, sie sind anders, die Leute, haben vor Kälte tomatenfarbene Gesichter, unter der Nase gerinnt Kondenswasser.
Kaltlufteinbruch aus Sibirien.
Die Leute haben es eilig, alle haben ein Ziel, die Turmuhren verkünden die Zeit.

Mechanischer, entseelter Muezzin.
Die Fragen verhaken sich zu einem engmaschigen Drahtverhau.
Wo ist Ruth?
Warum rufe ich nicht überall dort an, wo Ruth sein könnte?
Ruth ist eine freundlich lächelnde Gliederpuppe in einem Schaufenster – ich muss sie hervorlocken.

Die Bäume sind kahl. Nur einzelne Blätter noch wispern im Wind, der aufkommt. Der Himmel hat eine fade, starre Farbe.
(Die Erde im Himmel. Der Himmel ist voller Geigen usf.)
Mich friert.
Da liegt nun ein langer Nachmittag vor mir, dehnbar wie Kaugummi.
Und wenn Ruth nicht kommt, nicht kommt, nicht kommt, heute abend nicht und morgen früh nicht und übermorgen nicht und überhaupt nicht mehr?
Um die Ecken geradeaus marschieren.
Den Gedanken wegschieben wie man einen schweren Koffer wegschiebt. Wir hatten keinen Streit, lebten nebeneinander her.
Entbehre gern, was Du nicht hast.
Doch ragen aus dem topfebenen Feld einige Pfähle:
Hans Kramitsch, du hast versagt, bist entlassen.

Hans Kramitsch, du springst nicht über die lange Gestalt Miltons.
Entschluss: heute abend wird telephoniert. Den lieben Verwandten und Bekannten.

Ich gehe durch die Stadt, blicke in Gesichter, fremde, blicke durch sie hindurch, sehe Leute und sehe sie auch wieder nicht, wandle zwischen ihnen wie ein Schlafender, ein Trunkener, der sich Mühe gibt, nicht zu taumeln, daher einen Zickzackkurs geht, kurz vor einem Hindernis ausweicht und gleich gegen ein nächstes torkelt.
Das Treiben in der Stadt ist wie das Treiben vor Wochen und Monaten. Wer behaupten wollte, das Bild habe sich verändert, müsste lügen. Es ist eine Stadt wie jede andere auch.
Wie soll ich die Stadt beschreiben?
Ist doch beinahe alles so, wie man es sich vorstellt.
Die Stadt ist gut durch die Jahrzehnte gekommen, hat an den Rändern Speck angesetzt, runde Hüften bekommen.
Eine Matrone, Endvierzigerin.
Das besagt natürlich nichts über das tatsächliche Alter der Stadt. Da liegen zweitausend Jahre und mehr unter den Häusern.
Das war eine Stadt damals und ist eine Stadt heute.
Die Veränderungen haben sich manchmal ruckartig, meist aber langsam vollzogen, unmerklich fast. Es lässt sich darin leben, hätte ich noch vor einem knappen Jahr gesagt.

Wer Schlechtes über die Stadt berichtet,
könnte ebensoviel Gutes aufzählen. Die Provinz
pocht zuweilen an die Türen, gewiss, aber auch
der Smog der Grossstadt verschmiert hin und
wieder den Himmel.
    Hier bin ich aufgewachsen, hier lebe ich
noch immer. Dazwischen liegt soviel Erinnerung,
dass es mir unvorstellbar erscheint, mich anderswo niederzulassen. Der Gedanke daran hat allerdings in letzter Zeit das Spielerische, Kokette
verloren. Aber die Bindung an die Quartiere,
wo man seine Kindheit verbracht hat, ist eng.
    Und wenn die Stadt mir Licht und Luft
nähme, ich könnte mich nicht entschliessen,
wegzugehen.
    (Wohin?)
    Überdies: mein Beruf, Vermessungstech-
niker, ist zur Zeit nicht eben stark gefragt.
    Der Ruf macht die Sau feister als sie ist.

    Nun haben wir den Begriff 'Politisch Ver-
folgte' (abgekürzt PV) auch. Gut, ein Gefälle
war da, ein Gefälle nach rechts. Aber einen der-
artigen Rutsch. Die Zeitungen schrieben von
einer Lawine, von einem politischen Erdbeben.
Es war ein Schock für die einen, Erfüllung für
die andern. Harich, Hansdampf in allen Gassen.
    Stimmen aus allen Bevölkerungskreisen.
    Da hatte sich tatsächlich ein Wurm bis
zum Kern vorgefressen. Sympathien von vielen
Seiten, von der Grossindustrie, vom gehobenen
Mittelstand. Die Spitzen der Verwaltungen
rechtsumkehrt! Die Umbesetzung der Schlüssel-

positionen: ein gigantischer chirurgischer Eingriff. (Meine Hochachtung, Herr Kollege.)
Diese zarten Hände, schmalgliedrig.
Beileibe kein Umsturz. Nur eine Frage der Kosmetik.
Schenken Sie sich ein neues Gesicht.

Notstandsgesetze. Wer ohne behördliche Bewilligung Flugblätter verteilt, wird ... Aus hohlem Magen heraus.
Die Kastanien aus dem Feuer holen.
Harich ist endgültig ans Dirigentenpult getreten.
Für viele haben die Festspiele begonnen.
Wagner, Ring der Nibelungen.
Die Bundesanwaltschaft wird beauftragt, in Verbindung mit den eidgenössischen Zoll- und Postbehörden, Propagandamaterial, das geeignet ist, die innere oder äussere Sicherheit der Eidgenossenschaft, insbesondere die Unabhängigkeit, die Neutralität, die Beziehungen zu ausländischen Staaten, die politischen, namentlich demokratischen Einrichtungen der Schweiz oder die Interessen der Landesverteidigung zu gefährden, sowie religionsfeindliche Schriften oder Gegenstände zu beschlagnahmen.
Der Überfluss fliesst dahin, mit sanfter Oberfläche. Wer will aufstehen und einen Stein werfen, das Wasser trüben? Zahlreich sind die Glückwunschtelegramme anderer Regierungen; die vereinzelten kritischen Stimmen hat der Jubel übertönt.

Wir kannten die Gesichter der Aussätzigen bislang nur von Bildern.

Man muss eine neue Taktik des Gehens entwickeln. Sachte auftreten, erst den Grund prüfen, bevor der Fuss aufgesetzt wird, nirgendwo anstossen, Gleichgewicht wahren, mit den Händen rudern, wenn es nötig ist. Es geht nicht nur ums Gehen, man muss auch Sprünge machen können, an Ort verharren, auf einem Bein stehen; das gehört alles dazu. Strategie ist Scheisse, auf die Taktik kommt es an. Wir sind reizüberflutet, darum haben unsere Sinne nicht mehr den Sinn für den Boden, für Gegenstände. Und wer hinfällt, der steht nicht mehr so schnell auf, die andern gehen über ihn hinweg.

Auch Raumschiffe haben einen Boden.

6
Ich sitze zu Hause im Wohnzimmer, ich lausche dem Luftstrom, der durch das Mundstück meiner Pfeife zieht, klagend, als riebe sich der Wind an Häuserwänden. Ich eile mit meiner zierlichen Windsbraut über Kontinente, Länder, Städte, Gebirge, Täler – und irgendwo muss auch Milton sein, muss auch Ruth sein. Vielleicht singen die Drähte, die Telephondrähte schon, ist der Impuls gegeben, die mehrstellige Nummer eingespeist, die die Glocke im Apparat schrillen lässt. Aber es bleibt still im Apparat, der Abend dehnt sich, der Tabak im Pfeifenkopf verglimmt zu Asche, die langsam in sich zusammenfällt.

Nun kann ich wenigstens in der Stube rauchen.

Da hocke ich also, starre das schwarze Ding an, den schwarzen Hörer, der aussieht wie eine versteinerte Molluske mit Saugnäpfen, starre dahin, warte auf das Läuten, ohne das Läuten wäre das Warten sinnlos gewesen, es muss läuten ...

Nein, Anna weiss nichts von Ruth, über ihr Verschwinden, ihren möglichen Aufenthaltsort. Ist überrascht, dass Ruth nicht zu Hause ist. Hätte gerne mit ihr geschwatzt.

Übrigens hat mir Bruno mitgeteilt, sagt Anna, dass Albert nicht mehr Redaktor ist, abgesetzt.

Geteilte Freud' ist doppelte Freud', geteilter Schmerz ist halber Schmerz.

Und was hat er, Albert, dazu gesagt? möchte ich wissen.

Da musst du Bruno fragen, sagt Anna, ich glaube, er ist ins Ausland gegangen, aber das ist eure Sache, schade, dass Ruth nicht zu Hause ist, es ist schon merkwürdig, einfach fortzugehen, ohne einen Hinweis, einen Zettel zu hinterlassen.

Habt ihr Streit gehabt?

Nein, sage ich in die Muschel, das nicht. Ich kann es mir auch nicht erklären, so plötzlich.

Wir wünschen einander einen schönen Abend.

Also hat doch jemand angerufen.

Es ist wieder still in der Wohnung. Ich rede nicht mehr (mit wem sollte ich auch?), sitze einfach da. Überlege nichts, denke nichts. Die Stille sickert in mich hinein, lullt mich ein, macht schläfrig. Ich schätze diesen Zustand durchaus. Ich möchte eigentlich immer so müde sein, tagelang, wochenlang; dasitzen und sich der Müdigkeit bewusst sein, der Müdigkeit nur so weit nachgeben, dass kein Schlaf daraus wird, es ist einer jener seltenen Zustände, wo ich zufrieden bin mit mir. Die Umwelt existiert nicht mehr, ich spüre den Körper fast nicht, das Hirn hat die Arbeit aufgegeben, es lässt mich gerade noch meinen Zustand wahrnehmen.

(Hirnströme mit weichen Uferlandschaften.)

Um mich ist eine einzigartige, weite Landschaft, unbegrenzt, mit leuchtendem Grün, die,

auf Papier oder Leinwand projiziert, grell und
kitschig wirkte, jetzt aber, da ich sie in mir sehe,
ist ihre Farbe an keinen Vergleich gebunden,
sie füllt den ganzen Raum aus, ist unter, über
mir, ist zu meiner Seite, ich bin in dieser grünen
Kugel, aber nicht als ihr Gefangener, ich kann
gehen, und der Raum geht mit mir, und weit
in der Ferne ist ein Gebäude, das ist nun weiss,
auf dieses Gebäude gehe ich zu, komme ihm
langsam näher, es ist tatsächlich sehr weit weg,
doch ich habe Zeit, auch macht das Gehen keine
Mühe, es ist kein Körper mehr da, den ich mit-
schleppen müsste, und jetzt höre ich bereits,
dass in diesem Haus Musik gespielt wird, fröh-
liche Melodien sind es, wie auf einer Kirmes,
leiser hingegen als dort, auch schleppender im
Takt, seit langem weiss ich, dass keine Falken
mehr kommen werden, sie nicht auf mich zustürzen wie in den letzten Nächten, sie werden
vielleicht schreiend die Kugel umfliegen, in deren
Innerem ich dahinschreite, auf ein weiss gestri-
chenes Haus zu, es ist ein niedriges, einstöckiges
Haus, wie man sie etwa in Dänemark sehen kann,
das Walmdach ist auch weiss, nicht grau oder
schwarz, Wirklichkeit und Unwirklichkeit ver-
schwimmen, verwischen sich, nun bin ich schon
so nahe, dass ich die Fenster zählen kann, es
sind drei, jedes unterteilt mit einem Fenster-
kreuz, es fehlt aber der Reflex auf den Scheiben,
ich strecke die Hand aus und berühre das Haus,
fühle eine weiche und warme Wand, ich trete
durch die Tür ins Innere, stehe jetzt mitten in

der Musik, die hier drinnen noch viel seltsamer
klingt als draussen, doch wohin ich auch blicke,
ich sehe nirgends die Musiker, das müsste möglich sein, das Haus hat keine Trennwände, es
ist nur ein einziger grosser Raum vorhanden,
mag sein, dass die Töne von der andern Seite
des Raumes herkommen, so gehe ich weiter,
durch das Haus hindurch auf die gegenüberliegende Seite, und wieder stehe ich auf einer
Wiese, die sich ins Unendliche dehnt, ich wandle weiter in dieser Kugel, das Gehen macht mir
Spass, da muss kein Ziel erreicht, keine Zeit
eingehalten werden, es geht sich leicht auf diesem Rasen, wie auf Moos ungefähr, ich habe
kein Gewicht vorwärts zu bewegen, keine
Schwere zieht mich zu Boden, und im Gehen
blicke ich zurück, das Haus liegt fern, ist kaum
mehr zu erkennen, die Wiese vor mir hellt sich
auf einmal auf, ein Wind bläst mir entgegen,
sanft erst, dann stärker, ich beginne zu frösteln,
friere zuletzt, spüre, wie mein Herz schlägt, wie
der Puls fliegt, die Kugel reisst auf, öffnet sich
wie die Kuppel einer Sternwarte, aus dem Himmel fällt kaltes Blau, ich setze mich erschöpft
nieder, fürchte mich vor der Kälte, wenn ich
jetzt einschlafe, ist es aus mit mir, ich darf nicht
einschlafen, warum darf ich nicht einschlafen,
warum stelle ich wieder Fragen? , mein Hirn
füllt sich mit Ängsten und Hoffnungen, das
Gedächtnis arbeitet wieder, lässt mich Ruth
vorstellen, Milton, sie steigen zusammen in ein
Flugzeug, lächeln, bevor sie im Flugzeugrumpf

verschwinden, hinunter von der Gangway, Ruth
zieht sich den Rock zurecht, wie sie das schon
immer getan hat, Charles malt ein fremdes
Hoheitszeichen auf den Flugzeugrumpf, Bruno
hilft Bücher verladen beim Heck, Albert hat
eine dunkle Brille auf und sitzt im Cockpit, ich
renne über das Flugfeld, renne auf das Flugzeug
zu, keuche, doch die Maschine rollt weg, rollt
mit Blinklichtern auf die Startpiste zu, vorne
ein Auto mit der Aufschrift follow me, ich stehe
allein auf der Gangway, die nun weggezogen
wird, dem Hangar zu, dort wird sie umstellt von
uniformierten Männern, die mir zurufen, ich
gehe die Treppe hinunter und lasse mich widerstandslos abführen.

7

Nein, heute kann ich nicht mehr nach Ruth fragen. Ich muss diesen Tag vorbeigehen lassen, die Nacht hat schon begonnen.

Einzig die Polizei könnte ich anrufen.

Warum soll ich Ruth zurückholen lassen, vorausgesetzt, sie ist endgültig weggegangen, in ein anderes Land womöglich, will nicht mehr zurückkehren?

Und das durch die Polizei.

Wie eingeengt die Möglichkeiten schon sind.

Nur: Ruth hätte eine Botschaft hinterlassen dürfen.

Es gibt Menschen, denen haftet das Unglück wie Dreck an den Schuhen, hat Milton gesagt.

Bruno hat Milton nie gemocht. Unter anderen Voraussetzungen hätte Milton das Glück auf seiner Seite gehabt. Bruno duldet keine Ebenbürtigkeit neben sich. Ihn als Typ des Primus zu beschreiben, wäre hingegen falsch.

Wenn die anderen schlaff an den Kletterstangen hingen, rangelte sich Bruno noch nach oben, mit Kräften, die nur seinem Willen gehörten.

Männer, die mehr aus sich herausholen wollen.

Er hat klein angefangen, nach der Schule. Erst als Verkäufer, dann als Filialleiter. Nach weiteren drei Jahren war er Geschäftsbesitzer.

Mitten in der Stadt liegt Brunos Bücherladen.

Bruno ist vollkommen apolitisch, spielt aber gern mit der Originalität. Er missbilligt meine Flugblattaktion. Albern und dilettantisch, hat er gesagt.

(Man kann nicht mit einem einzigen Stiefel gehen, sagt Bruno.)

Ich komme nicht darum herum, den Laden vorzustellen.

Wer liest, weiss mehr. Pfui, wie elitär!

Oft gehe ich daran vorbei, selten allerdings hinein. Bruno ist ein vielbeschäftigter Mann.

Störe meine Kreise nicht.

Wenn er nicht viel Kundschaft hat, hält er sich in seinem ausgebauten Keller auf (gleichzeitig Luftschutzkeller im Zuge der totalen Landesverteidigung), sichtet Bestellungen, liest Neuerscheinungen, schreibt sogar ab und zu eine Buchkritik. Dies unter einem Pseudonym.

(Gewiss, Y. kann schreiben, doch scheint mir in letzter Zeit ...)

Damit halte ich mir Ärger vom Leib, sagt Bruno und lacht. Bruno hat ein Gebiss wie Fernandel, ein Gatter weisser Zähne. Sein Lachen wirkt offen, ehrlich und ansteckend.

Viele sagen, er habe eine gewinnende Art.

Das stimmt.

Wenn er sich nicht bedrängt fühlt, ist Bruno kein schlechter Kamerad.

Wie soll das überhaupt weitergehen mit unseren Zusammenkünften? Albert ist verreist,

ins Ausland, Bruno möchte nicht mehr in den
'Samson', sondern in ein anderes Lokal mit gemischterem Publikum (Piccadilly), von Charles
haben wir schon lange nichts mehr gehört, ist
stumm geworden, nimmt das Telephon nicht ab.
 Hans Kramitsch sitzt zu Hause.
 Mimikry.
 Hans Kramitsch wird abgetrieben ins Niemandsland.
 Bruno ist noch eine Verbindung zur Aussenwelt.
 Früh am Morgen ist die beste Zeit, um
Bruno einen Besuch abzustatten in der Buchhandlung, dann sitzt er im Keller unten und
kontrolliert Rechnungen und Bestellungen. (Ich
wiederhole mich.) Bruno hat Verbindungen zu
den verschiedensten Bevölkerungsschichten.
Bruno wäre schwer beizukommen, er kann
stets eine Gruppe für sich mobilisieren, Zeugen
beibringen, allfällige Vorwürfe und Verdächtigungen entkräften.
 Ich bin gern in Brunos Kellerbüro. Das
Papier der Bücher riecht angenehm, ich atme
mit Vergnügen diesen Geruch ein, der mich entfernt noch an Holz erinnert; und die Druckerschwärze, die sich bitter dazumischt, ist wie die
Würze an Speisen.
 Manchmal nehme ich mir ein Buch aus
dem Schaft, blättere darin, ziemlich schnell,
und ziehe dabei Luft in die Lungen. Da Bücher
bekanntlich rasch Staub ansetzen, kann es vorkommen, dass ich niesen muss, laut und mehr-

mals hintereinander. Geschieht dies im Laden oben, so freue ich mich jedesmal über die strafenden Blicke der Bücherfreunde, über das ernste Gesicht Brunos, der findet, dass das nun doch zuviel sei, bei allem Humor, eine Zumutung für die Kundschaft.

Wozu verkauft er denn auch medizinische Handbücher? Der Arzt im Hause ...

Wie haben wir uns eigentlich kennengelernt, mit unseren so verschiedenartigen Berufen?

Bruno und ich kannten uns schon lange, Schulfreunde. Charles kannte Bruno von einer Vernissage her, so lernte ich wiederum Charles kennen. Bleibt noch Albert.

Es muss schon so gewesen sein:

Albert sass an unserem Stammtisch, noch bevor jemand von uns dort war. Er hatte sich in die Ecke gedrückt, blickte gegen die Decke oder die Lampe mit den Wappenscheiben um die Birne, nahm jedenfalls kaum Notiz von mir, als ich an den Tisch trat, einen Augenblick lang zögerte — sonst weist Hermann, wie wir wissen, alle Gäste von diesem Tisch weg —, dann mich ihm gegenüber hinsetzte und ihn ansah wie einen Fremdkörper, der sehr stört.

Charles war dann der Brückenbauer. Später kam Bruno.

Norma verstreute eingefärbte Fuchsschwänze beliebig über Hosen, Pullover und Hüte, liess ganze Silberfüchse mit Kopf und Pfoten gleichfarbig kolorieren und hängte sie, paarweise gebunden, über die Schulter der Mädchen. Der von Paris nach New York ausgewanderte Pelzhändler Georges Kaplan hat den neuen Trend längst begriffen und sich auf die von den Society-Mädchen erzwungene Pelzabwertung eingestellt. Zwar beliefert er weiterhin die älteren Manhattan Ladies mit seinen Standardmodellen, passend zu lila Haaren, doch in diesem Winter drücken seine frisierten Pelze die schwarzen Edelpelze an die Wand. Pablo Picassos Tochter Paloma nämlich, die durch ihre Schmuck-Designs bekannt wurde, entwarf für Kaplan strassbehängte Nerze und Füchse, bepflasterte seine Batik-Felle mit Schmuck aus den vierziger Jahren und brachte somit seinen Namen unter der Millionärsjugend ins Gerede.

(Als wären es Kaninchen ...)

In einer Pause während des Schreibens eines Briefes — ohne Adressat — und des Nachdenkens über das Verschwinden von Ruth in einem Magazin gelesen und gesehen (farbig, Offset natürlich).

Sobald ich mich genau beobachte, kommt stelzbeinig die Angst. Ich stehe mir allein gegenüber, unterhalte mich einzig mit Kramitsch, der aber immerzu schweigt. Ich betrachte meine Hände, folge ihnen, um auf die nächste Bewegung vorbereitet zu sein. Die Stadt hat einen Einwohner weniger, auch die Kirche zählt die Gläubigen nach dem Steuerregister, obwohl das Geschlecht der Engel nicht aussterben soll.

Es sind die Illustrierten eine Welt geworden,
verführerischer als Blautannenwälder, und das
Briefschreiben an Niemand verkürzt die Zeit,
bis sie überhaupt aufhört.

8
Vielleicht stimmt der Satz von Albert schon: Nur wer sich ablenken lässt, kann überleben.

(Harich lenkt auf sich ab.)

Komisch, wie Harich in den Hintergrund getreten ist, er, der Auslöser meiner Schwierigkeiten, der Entfremder zwischen Bruno, Albert, Charles und mir und untereinander. Und Ruth?

Macht kann so fremd und so bekannt, so bedrohlich und unfassbar sein wie eine Stadt.

Ich wähle Städte aus auf der Landkarte, ich glaube nicht mehr an die Vorstellung, ich glaube schon an die Möglichkeit, diese oder jene Stadt gesehen zu haben und jeden Tag, zu jeder Stunde an den Bahnhof gehen, dem Schalterbeamten durch die Sprechluke sagen zu können, zum Beispiel: Eine Fahrkarte nach Trapezunt bitte. Und der Schalterbeamte wird nachschlagen, suchen, fragen, aber er wird diese Stadt ausfindig machen und die Verbindungen zu ihr, er wird dies alles im Automaten speichern, zum Schluss liegt die ausgedruckte Fahrkarte vor mir.

Das Wort Trapezunt lässt sich auseinandernehmen, hat Bruno gesagt, damals. -unt ist die Endung, hat er gesagt, was bleibt? Trapez. Trapez geht auf das griechische Wort trapezion zurück, was Tischchen, Tafel heisst, wenn ich nicht sehr irre.

Ich habe längst im Brockhaus, Ausgabe 1934, nachgeschlagen, ich kenne die abgegriffene Seite, wo steht, dass Trapezunt, amtl. türk.

Trabzon, Hauptstadt des gleichnamigen Wilajets
(4360 Quadratkilometer, 1927 290303 Einwohner) der asiatischen Türkei, einer der wichtigsten
Hafenplätze am Schwarzen Meer, 24634 Einwohner hat.

Die Stadt liegt malerisch am Fuss des Kolat-Dagh, gekrönt von einer Zitadelle. Die Stadt
treibt Fischerei, Gerberei, Woll-, Seiden- und
Leinenweberei sowie Färberei, besitzt eine
Schiffswerft, regelmässigen Dampfschiffverkehr
nach Konstantinopel, der Donaumündung und
den Mittelmeerhäfen, hat auch lebhaften Karawanenverkehr nach Erzurum und Täbris.

Die Ausfuhr umfasst Haselnüsse, Tabak,
Vieh, Felle, Häute, Wachs, Eier, Bohnen, Butter,
persische Teppiche; die Einfuhr Metalle, Nahrungsmittel und Industriewaren.

Weiss ich, was heute noch davon stimmt,
ob die Stadt überhaupt noch existiert? Ob
nicht bloss die Zitadelle übriggeblieben ist, wie
das beim Untergang von Städten üblich ist?

Die Häuser zerfallen schon beim Bauen.
Das Haus, worin ich in einer Wohnung wohne,
ist vierzig Jahre alt. Ich will nicht vom Verputz
der Fassade reden, der ist mir egal. Aber innen,
ja innen gehörte es renoviert. Nicht das Treppenhaus, das ist mir auch egal. Aber die Wohnung.

Die Tapete in dem Zimmer, wo ich jetzt
sitze, ist verschossen, abgeblasst von den vielen
Sommern, die an ihr vorübergegangen sind. Da
verschönt auch das Bild nicht mehr, das ich

zusammen mit Ruth aufgehängt habe. Der Ritter Georg. Ausgeschnitten in der Zeitschrift 'Oeil', la plus belle revue du monde. Ich finde nicht den mindesten Zusammenhang zwischen Zimmer, Tapete und Ritter Georg.

Warum muss der Ritter Georg ausgerechnet hier seinen Drachen töten — er kam ohnehin zu spät, war längst zu spät, denn das alte Trapezunt war eine im 7. Jahrhundert v. Chr. von Sinope aus angelegte griechische Pflanzstadt in der antiken Landschaft Pontos, da hatte Herakles bereits den
    Nemeischen Löwen,
    die Lernäische Schlange erlegt,
    die Kerynitische Hirschkuh erjagt,
    den Erymanthischen Eber gefangen,
    die Ställe des Königs Augias von Elis ausgemistet,
    die Stymphalischen Vögel getötet,
    den Kretischen Stier gebändigt,
    die menschenfressenden Rosse des Diomedes zu Erystheus gebracht,
    den Gürtel der Amazonenkönigin Hippolyte erworben,
    die Rinder des Geryon geholt,
    sich die goldenen Äpfel der Hesperiden beschafft und
    den Höllenhund Cerberos bezwungen.

    Ich bin allein mit dieser Stadt im Wohnzimmer, möchte den Schlaf finden und weiss nicht, wo er sich versteckt hat. Morgen werde

ich Ruth suchen, ihre Spuren verfolgen, soweit
sie noch auffindbar sind, ich werde bei Bruno
hineinschauen und ihn über Albert und Charles
ausfragen. Ich werde mit ihm über Milton reden,
jene Zeit zu ergründen versuchen, als Ruth und
Milton zusammenlebten.
    Oder auch nicht.
    Ich fürchte, dass die Falken mich wieder
aufgespürt haben und ansetzen zum Stechflug
hinter meine geschlossenen Augen. Das Nacht-
land kenne ich, einigermassen, das Tagland aber
nur vom Hörensagen. Die Verhältnisse kehren
sich um. Le monde à l'envers.
    Vielleicht müsste ich wegen der Falken
einen Ornithologen fragen. Es geht um die
Genauigkeit.
    Bruno hört auf seine Pulsschläge. Er achtet
auf den Cholesterinspiegel im Blut, er zählt die
Kalorien nach dem Essen zusammen. Er hält
sich an gute Margarine, deswegen. Sie enthält
Pflanzenölwirkstoffe, mehrfach ungesättigte
Fettsäuren. Er nimmt nur dieses Streichfett.

    Da ist der Morgen, taubengrau schleicht
er herein, durch das Fenster. Ich greife mit der
Hand nach rechts, taste nach Ruth. Das Bett
ist leer. Ich weiss nun, dass ich mich einrichten
muss, allein zu leben, ich muss mich zurecht-
finden in diesen Räumen, die Unordnung in
Grenzen halten, damit ich nicht darin ertrinke.
Ihr regelmässiger Atem hatte mich beruhigt in
schlaflosen Nächten. Ruth hatte einen guten

Schlaf, sie lag darin eingebettet. Ihre Träume
waren Wanderungen durch den Alltag, harmlos,
und dabei gehe sie, sagte mir Ruth, oft über
Wiesen, pflücke Sonnenblumen, deren Scheiben
auf kurzen Stengeln ständen und kaum über
das Gras hinausragten, klaube mit den Fingern
die Kerne aus dem Rad und werfe sie den Vögeln
hin. In ihren Schlafen war immer Licht. Merkwürdig: die Falken sind hinter den Hügeln geblieben. Nur ihre Schreie habe ich vernommen.
Sie werden kreisend warten, bis ich die schützenden Wälder der Hoffnung verlasse.

9

Ich nehme die Strassenbahn, fahre bis zur Endstation, wo das grosse Autobahnkreuz die Landschaft zerschneidet wie ein stumpfes Messer einen Kuchen. Dort, bei der Ausfahrt, befindet sich das Motel, das ich aufzusuchen beschlossen habe. Mehr aus einer Laune heraus, ich muss das zugeben, denn in der Hoffnung, Spuren von Ruth zu finden. Wie hätte sie, einmal auf der Flucht, schon hier einen Halt einschalten sollen. Das wäre wider jede Vernunft gewesen. Und wenn sie diese Richtung eingeschlagen hat, in wessen Auto, wenn ich fragen darf? Miltons? Eines Fremden, den ich nicht kennen kann, oder eines Bekannten, den ich nie vermutete?

Es sitzt kaum ein halbes Dutzend Leute im Motel. Der Raum scheint für ausgesprochene Stosszeiten berechnet. An der Decke ziehen sich lange Nikotinfäden hin. Es riecht nach Frikadellen und kaltem Rauch. (Am Morgen!)

Ich setze mich ans Fenster.

Der Kellner, der die Bestellung entgegennimmt, hat schwarze Ränder unter den Augen und unter den Fingernägeln.

Die abgestandene Luft wird sich in den Kleidern festsetzen. Schmuddelgeruch.

Der Wind treibt Abfälle am Fenster vorbei.

Das Motel entspricht den Vorstellungen von Motels an Transitautobahnen, erinnert an Absteigequartier, falsche Namen und Gebisse und an verfleckte Bettlaken.

Können Sie sich etwas darunter vorstellen, wenn ich sage: Humbert Humbert? Einfach Humbert Humbert? Oder liegt Nabokovs Roman schon zu weit zurück?

Zum Beispiel dieser ältere Herr rechts von mir mit der jungen, kichernden Begleiterin in Blue Jeans, in graubeigen Blue Jeans, deren Bund so knapp bemessen ist, dass der Pullover nach oben rutscht, fortwährend, und einen Streifen Bauch freigibt, den kindlichen Nabel. Blue Jeans, deren Bund so schmal ist, dass die Beine umso länger scheinen.

Diese Lolita (endlich den Titel des Romans) macht dem Mercedes-Typ Eselsohren, einem zerfledderten Groschenheft nicht unähnlich.

Das Motel ist Schablone.

Das Tischtuch hat Sossenflecken, ist mit Asche verschmiert.

In einer Ecke steht der Fernseher.

Schund ohne Stilbruch.

Vielleicht muss man wirklich Amerikaner sein, um sich in einem Motel wohlzufühlen. Amerikaner sein, auf Europa trip, Hot dogs und Hamburgers essend.

Der Kaffee hat den bitteren Mandelgeschmack von Essenz.

Ich gebe die Tasse zurück, weil noch Lippenstift am Rand haftet. Der Kellner hat eine Vollglatze. Auf der Vollglatze bilden sich beim Neigen des Kopfes Runzeln.

Die Fliege am Fenster setzt sich unversehens von der Scheibe ab, fliegt über die Glatze des

Kellners, zieht eine Schlaufe im Raum und
kehrt dann ebenso unvermittelt zur Scheibe
zurück. Sie klettert am Fenster hoch. Das Glas
ist für sie gemeine Täuschung. Die Fliege landet
nicht auf den ungedeckten Süssigkeiten. Ein
voller Bauch ist nicht alles.
    Die Fliege.
    Spiel und Experiment, absurdes, vielleicht
antitechnisches, jedenfalls irrationales Verhalten,
das sein Vergnügen darin findet, jede Zweck-
logik wider den Strich zu bürsten, die Vernunft
spielerisch zum Phantom gerinnen zu lassen.
    Dabei ist es ein hundsgewöhnlicher Werk-
tag. Eine Zeit, zu der ich normalerweise im
Büro sässe, am Zeichenbrett.
    Und die Landschaft draussen ist so eintönig
wie die Pläne im Büro, wie das grossformatige Ölgemälde im Vorzimmer des Direktors. Eine Kiesgrube ist darauf, eine maus- und schiefergraue
und dachpappengraue und asphaltgraue und
betongraue Kiesgrube. Über der Kiesgrube liegt
eine dicke Schicht Humus, leicht überhängend,
eine ocker- und portweinfarbene Humusschicht,
viel zu rot für die Erde der oberrheinischen Tief-
ebene. Ein Erschiessungspeleton könnte sich
keinen besseren Ort für eine Exekution aus-
suchen. Der Boden der Kiesgruben ist tragfähig
und saugkräftig, die rieselnden, herunterfallen-
den Steine dämpfen den Lärm der Schüsse, das
Blut versickert rasch. Kiesgruben sind einsame
Orte. Kiesgruben sind zeitlos. Eine Stadt ohne
Kiesgrube in der Nähe ist undenkbar in unseren
Breiten- und Längengraden.

Kies- und Schotterwerke AG.
Rheinkies AG.

Mein Trapezunt liegt zwischen zwei Adverbien: hier und anderswo. Die Standorte sind austauschbar. Das alte Trapezunt ist verschüttet. Ein moderner Schliemann wird es einmal ausgraben und aus den Resten der obszönen Zeichnungen an den Wänden die Geschichte der Stadt rekonstruieren.

Ich zahle, verlasse das Restaurant, gehe aber vom Flur erst noch auf die Toilette im Keller.

Die Wände sind mit grünlichen Platten verschalt. Die Kabinen sind aus Holz. Auf der Innenseite der Kabinentür ist ein Tier mit zwei Rücken aufgekritzelt; es gleicht einem altindischen Fabelwesen, sieht man aber genauer hin, dann werden die Flügel zu Armen, der Tierkopf erweist sich als zwei ineinander geschobene Gesichter und das fünfte und sechste Bein sind übergrosse, langgezogene Brüste.

Als ich hinaustrete aus der Kabine, steht im Vorraum der Mercedes-Mann von oben und kämmt sich mit übertriebener Sorgfalt die Haare. Ich warte. Er wäscht sich noch die Hände, murmelt Verzeihung und geht. Bevor sich die Tür ganz geschlossen hat, furzt er laut.

Ich fahre zurück in die Stadt.

Die Seitenstrasse. Abbiegen. Dann das Käsegeschäft. Die Familie im Schaufenster des Käseladens, die um einen Tisch sitzt und Fondue isst und immerzu nickt, dahinter der Älpler, der Handorgel spielt, unablässig spielt für die Tischrunde, die unablässig Fondue isst.

Jetzt ist Brunos Schaufenster sichtbar, in flachem Winkel. Wenn ich von dieser Seite herkomme, kann mich Bruno nicht sehen. Das ist gut. Sonst legt er sich ein Gespräch zurecht. Ein geschickter Präparator macht selbst aus dem lausigsten Sperling noch einen Paradiesvogel.

Von der Decke hängt, die Schnüre mit zwei Reisszwecken angepinnt, ein Plakat. Es schaukelt sanft im warmen Luftstrom, der von der Heizung aufsteigt.

Mein Programm der Zukunft – Gedanken von Alexander Harich, steht in Grossbuchstaben drauf.

Das Buch, Taschenformat, kartoniert, liegt in etwa Dutzend Exemplaren gefällig ausgebreitet in der Auslage.

Auf dem Umschlag übt ein stilisierter Bogenschütze.

Die Spitze des Pfeils endet am Rand des Umschlages.

Wo anders könnte Bruno um diese Zeit sein. Er sitzt im Keller unten, sortiert Rechnungen, schreibt Rechnungen.

Ich gehe die Wendeltreppe hinunter. Die Bücher im Keller riechen eben doch viel stärker als die oben im Laden. Meine Absätze klappern auf dem Eisen der Tritte.

Begrüssung wie üblich.

Während Bruno nach oben geht, weil es geklingelt hat, zweimal hintereinander, nehme ich das Exemplar Harich, das auf dem Pult liegt, schlage das Buch auf, blättere, lese den Klappentext.

Klappe halten.

Ein Politiker schreibt ein Buch, an und für sich nichts Überraschendes; viele Politiker haben schon Betrachtungen oder Memoiren geschrieben. Harich tut weder das eine noch das andere. Er zeigt uns vielmehr auf subtile Weise, wie er sich die Zukunft für sein Land vorstellt, konkrete Modelle werden entwickelt. Ohne falsches Pathos, ohne Überschwenglichkeit, dafür mit zeitkritischem Blick. Das macht nicht nur den Politiker Harich sympathisch, sondern auch den Philosophen. Dass Harich es versteht, seinen Ideen auf brillante Weise Ausdruck zu geben, vermag nur den zu überraschen, der bis jetzt noch nichts von ihm gelesen oder noch keine seiner Reden gehört hat. Ein Volksbuch im besten Sinne des Wortes. Es ist eine Freude, seinen Gedankengängen zu folgen. Möge das Programm bald Wirklichkeit werden.

(Fr. 5.80, bei Bezug von mehr als 12 Ex. Sonderrabatt.)

Ich schliesse das Buch, schleudere es in hohem Bogen durch den Keller. Das Glas der Kugellampe klirrt, zerplatzt und regnet in feinen Splittern zu Boden.

Eine Affekthandlung, ich gebe es zu.

Taptaptaptap ...

Bruno kommt die Wendeltreppe herunter.
Er macht ein Gesicht, als hätte er leibhaftige Guerilleros gesehen.
Es tut mir leid.
Auf Wiedersehen, sage ich.
Die Tür zur Strasse schliesst mit weichem Glockenschlag.
Ich gehe durch die Stadt, durch diese Därme, die Strassenbahnen zwängen sich wie harte Fäkalien schubweise dem Darmende entgegen, dem After.
Ich habe kein Ziel, schon lange habe ich keins mehr. Bruno kann abgestrichen werden. Er ist aufgegangen in Harich, oder umgekehrt: Harichs Samen wird in ihm aufgehen. Bald wird er die Sprache Alexander Harichs fliessend beherrschen.
Pathologisches Pathos.

Von Ruth keine Spur. Ich bin hinter den grünen Mänteln her. Wo ich einen grünen Mantel sehe, beschleunige ich meinen Schritt. Es ist wichtig zu wissen, wer in dem grünen Mantel steckt; ob nicht Ruth da geht, ich muss genau hinsehen, Ruth ist nicht an der Frisur zu erkennen wie andere Frauen. Ruth hat viele Frisuren. Wenn sie im Spital arbeitet zum Beispiel, knotet sie das Haar hinten zusammen, damit sie die Haube aufsetzen kann. Ruth ist stolz auf dieses Symbol. Oft aber, vor allem in der Stadt, trägt Ruth das Haar offen, auf die Schultern fallend. In geraden Strähnen fliesst es hinunter, teilt ihr Gesicht in

zwei gleichmässig gütige Hälften, in zwei Spiegelbilder, die nicht fassbar sind, wie das Bild im Spiegel, das hinter dem Spiegel ist, wie man in der Physikstunde gelernt hat.
Was Hänschen nicht lernt, lernt Hans nimmermehr.
  Manchmal jedoch, wenn Ruth und ich zu einer Abendveranstaltung gegangen sind, hat sie sich das Haar kunstvoll aufgebaut, einem Bienenstock ähnlich.
  (Ruth, du siehst aus wie eine Eisfee, habe ich oft gesagt, bei dieser Gelegenheit. Lieber eine Eisfee als ein Feuerteufel, hat mir Ruth geantwortet.)
  Wenn ich mir Ruth so genau vorstelle: Wie hatte sie eigentlich ausgesehen, als ich sie kennenlernte?
  (Sonntagsfoto: Milton und Ruth Arm in Arm)
  Muss ich Ruth suchen, will ich sie finden?

  Ich streune wie ein herrenloser Hund. Ich friere, schlottere. Die Knochen knacken. Ich bin müde, Ende, Hans – Licht. Es bleibt als letzte Möglichkeit die Polizei.
  Ja, sie trägt einen grünen Mantel, wahrscheinlich, mittellang, werde ich auf dem Revier sagen. Ich werde versuchen, Ruth zu beschreiben, aber vorher muss ich mir selbst Ruth beschreiben, Ruth ist weit weg, mein Gedächtnis entlässt Ruth, hat sie schon fast völlig gelöscht, von ihr ist nicht mehr viel geblieben. Zu Hause vielleicht, in ge-

wohnter Umgebung, da werde ich mich wieder erinnern, wenn ich ihre Schuhe betrachte, ihre Pullover, die noch herumliegen, oder auch nur ihren Kamm mit vereinzelten Haaren zwischen den Zähnen.

Es ist besser, ich gehe erst nach Hause.

10
Da steht das Haus, worin ich wohne, worin Ruth und ich seit über zehn Jahren wohnen, Ruth jetzt nicht mehr, aber zehn Jahre sind es trotzdem her; an einem Märztag sind wir eingezogen, natürlich an einem Märztag, Quartalsende.

Das Haus ist nicht heller, freundlicher geworden in diesen Jahren, ich kann mir vorstellen, dass es Mühe macht, durch die Tür zu gehen und einzutreten, wenn man einige Zeit fort war.

Das Haus sieht aus wie eine Kaserne, mit seinem graugrünen Anstrich. Von der Dachtraufe tropft noch Wasser vom letzten Regen, auf den Platten am Boden macht sich ein Moosbelag breit.

Die Fenster der Parterrewohnungen liegen so tief, dass Vorübergehende in die Zimmer sehen können. Darum sind bei der Familie Müller-Amrein meist die Fensterläden geschlossen.

Die Kramitschs wohnen im zweiten Stock, darüber lebt der Hausmeister, ein rüstiger Sechziger, der seine Ruhe haben will.

(Dass mich nur keiner mit Lappalien belästigt.)

Wegen der Ruhe des Hausmeisters haben Ruth und ich auf eine Stereoanlage verzichtet.

Und über dem Ganzen ein einfaches Satteldach mit zwei hohen Schornsteinen, mit Mansardenfenstern und einer Fernsehantenne.

Das Ritual des Öffnens:
Ich stecke den Schlüssel ins Kabaschloss, drehe ihn und drücke die Tür auf, gehe hinein, schliesse hinter mir die Tür, reinige die Schuhsohlen auf der Teppichvorlage, mache zwei Schritte und öffne die Windfangtür, schliesse die Windfangtür und steige die Treppe hoch, auf ausgetretenen Holztritten, die knarren. Auf dem Treppenabsatz des zweiten Stockes nehme ich wieder einen Schlüssel hervor, stecke diesen andern Schlüssel ins Schloss, das diesmal kein Kabaschloss ist, drehe ihn, nehme den Schlüssel heraus, was ich selbstverständlich auch unten mit dem andern Schlüssel gemacht habe, trete in den Flur der Wohnung, schliesse hinter mir die Tür ab.

Wie ein Tier wittere ich. Nein, Ruth ist nicht hier, war nicht hier. In der Küche noch Geschirr vom Vortag, im Schlafzimmer die ungemachten Betten.

Ich quäle mich ab mit Worten und Beweggründen – ist das nicht dasselbe? –, quäle mich mit Formulierungen für die Anrufe, und Ruth verschwindet unterdessen hinter den Wörtern und kriminalistischen Überlegungen, verschwindet hinter einem immer grösseren Berg von Ausflüchten. Zum Schluss unternehme ich überhaupt nichts.

Der Eherichter:
Die unzähligen Für und Wider hätten nur gezeigt, wie sehr wir uns, Ruth und ich, schon

voneinander entfernt hätten, innerlich. Die räumliche Trennung sei eigentlich nur noch der Nachvollzug dessen gewesen, was sich seit langem angebahnt habe, was keiner mehr hätte aufhalten können. Deshalb sei ich auch so ungerührt gewesen, hätte ich mich, anstatt zu handeln, in Argumente geflüchtet. Kein einziges Wort der Verzweiflung, der Anteilnahme sei über meine Lippen gekommen, nicht einmal Selbstmitleid hätte ich gezeigt. Nur kaltschnäuzige Akribie.

    Hans Kramitsch, Sie sind ein perfekter Logiker, einer, der das Leben zu abstrahieren weiss.

    Ich will dem, der das möglicherweise einmal sagt, nicht widersprechen. Ganz einfach darum, weil es keinen Sinn hat.

    Da liegen Jahre dazwischen, Jahre der Angewöhnung, das Einsteckvermögen ist eben grösser geworden, man sackt nicht gleich zusammen. Aber in der Magengrube sitzt es dennoch, macht das Atmen schwer, treibt den Schweiss auf die Stirn, lässt die Beine unsicher auftreten.

    Nicht Knock out, eher Punktsieg.

    Ruth war schon von jeher wortkarg, nun ist sie stumm geworden.

    Du und ich, eine kleine Mickey Mouse, zog sich selbst die Hose aus, zog sie wieder an, du bist dran ...

    Also werde ich Charles anrufen. Charles, der von Albert sagte, er sei eine falsch inszenierte Hamletfigur.

38 29 44. Es meldet sich Claire. Eine tote Leitung wird lebendig. Weiche, schmiegsame Katzenstimme.

Endlich jemand zu Hause.

Ach du bist's, Hans.

Wie ich den Namen Hans hasse.

Ich versuche, mir Claire vorzustellen: klein, pummelig mit Schlafaugen und unreiner Haut.

Nein, Charles ist nicht hier, er ist unterwegs.

Aus der Muschel dröhnt das Gähnen von Claire.

Auf Wiederhören. Im Hintergrund redet Charles.

Seine Stimme ist unverkennbar.

11
Sie beherrschen die Kunst, eine Schlinge zu formen. Ich werde eben Kreuzworträtsel lösen, bis ich wieder eine Arbeit gefunden habe. Vorläufig reicht das ersparte Geld noch.

Es ist ein beklemmendes Gefühl, die Flugzeuge landen und starten zu sehen und gleichzeitig zu wissen, nicht an den Flughafen fahren zu können und in eine der Maschinen zu steigen.

Sie haben mir den Pass weggenommen, vorübergehend nur, haben sie gesagt.

Die Falle ist zugeschnappt.

Stalingrad.

Keiner wird mehr ausgeflogen.

Ich sehe vom Fenster aus den Flugzeugen nach, verfolge sie, bis meine Augen den Punkt am Himmel endgültig verloren haben. Wie anders die Städtenamen auf einmal klingen: London, Wien, Paris, Rio de Janeiro.

Durch Abwasserkanäle robben, oder durch den Fluss schwimmen. Die Uniformen durchdringen das Stadtbild. Wer mir die Hand auf die Schulter legt, kann auch mein Feind sein, wahrscheinlich. Matt in drei Zügen. Schwarz gewinnt. Aus dem Simultanspiel Harich - Opposition.

Für den Ordnungsdienst (Wahrung von Ruhe und Ordnung im Innern) werden, sofern die verfügbaren zivilen Polizeikräfte nicht ausreichen, Truppen aufgeboten oder bereits im Dienst befindliche Truppen eingesetzt. Für den Einsatz zum Ordnungsdienst kommen in erster Linie Kampftruppen in Betracht.

Das ist ein Film. Wir sind alle keine Helden, kleine Duckmäuser sind wir, die Helden sind tot, Helden sterben nur für sich, bei uns will jeder überleben; die Stadt ist gut zu erkennen im Film: dieselben Häuser, Strassen, Brücken. Die Bilder täuschen nicht, und doch sind die Veränderungen da: für mich ist die Strassenbahn nicht mehr grün, das Münster nicht mehr rot, der Fluss nicht mehr seifigblau, die Anlage, an der ich täglich vorbeigekommen bin, keine Anlage mehr. Die Kamera lügt, die Augen lügen, nur die Erinnerungen sind noch Erinnerungen. Es will mir nicht gelingen, die Stadt wiederzuerkennen.

Trotzdem ist dies die Anlage, der Park, der ein Teil meines Lebens, meiner Kindheit ist:
erst Dreirad, dann Trottinett, später im Herbst mit den selbstgebastelten Papierdrachen und im Winter mit den Schlittschuhen über den geeisten Rasen. Da ist noch der Lichtmast, der durch die Wolken ragt bis zum lieben Gott (wie mein Vater damals sagte). In der Nähe Balkenschaukel und Rundlauf, wo immer der alte, stotternde Parkwächter auftauchte, die Hände auf dem Rücken, das Gesicht veilchenblau. Und da, wo die Strassenbahn den Hecken entlangfährt, stand die Würstchenbude.
Und wo ist der Musikpavillon geblieben?

Ein Schutthaufen türmt sich an seiner Stelle; Mörtel und Quadersteine. Wie ein toter Elefant sieht der Haufen aus. Und den Rolladen haben sie wegtransportiert.

Dieser graugrüne, sanft gewellte Metallsee, der wie im Märchen aufwärts fliessen konnte, aber immer allen Kinderhänden beharrlich trotzte, sein Ufer behauptete und sich nie auch nur einen Fingerbreit vom Stein löste. Und kein noch so kraftvoll geschleuderter Ball tauchte in ihn ein. Bloss schweres Grollen ertönte in seiner Tiefe, ein Grollen, als stiege nächstens Eisenhans empor. Ein einziges Mal hatte ich miterlebt, wie er sich bewegte, der Metallsee, unheimlich rauschte und dann hinaufwich, immer mehr Ufer preisgebend. Die Bäume lösten sich in der Nacht auf, und je mehr die Nacht den erleuchteten Pavillon bedrängte, desto heller strahlte es aus ihm heraus. Funkelnde Nadeln sprangen von den Knöpfen der uniformierten Männer, ihre Instrumente warfen goldene Tücher in die Dunkelheit. Die Töne sprengten feurig davon, und ich ritt mit ihnen weit fort ins Land der Prinzen und Prinzessinnen, der Zauberer und Hexen.

Ich dachte an mein Holzpferd, an das verwunschene Schloss und den bösartigen König aus dem Märchenbuch.

Nicht die Kinder bloss speist man mit Märchen ab.

Die Maus ist wieder in ihrem Schlupfwinkel
angekommen, die Tapetenzeichen klotzen sie
an. Draussen krächzen die Raben über den Feldern. Ich schliesse alle Türen und Fenster, die
meine Wohnung hat, bringe so einigermassen
Schweigen hinein in die Räume.

Sich zurückziehen in einen Raum, in den
Raum, wo am wenigsten die Geräusche durchdringen.

Das Oben, Unten und Neben abdichten.

Das Zimmer schallos machen.

Die eigene Stimme ersticken.

Den Mund endlich mundtot wissen.

Ich will hier sitzen mitten in der Stille,
meterdicke Stille um mich haben und nachdenken oder auch nur hinausschauen durch die
Scheiben auf die Giebelwände anderer Häuser,
ins Grau dieses verhangenen Tages. Unter diesen
Umständen wäre es möglich einzusehen, dass
diejenigen, die sich an Novembertagen umbringen, sich von Brücken und aus Fenstern stürzen,
zum Schluss recht haben.

Eine Gleichung aufstellen, das wäre ein
Vorschlag, alles einmal aufrechnen bis ins kleinste
wie beim Spezierer, jedes Gramm Leben auf die
Waage legen.

Oder aber: Zum Büchsenmacher gehen,
sich genügend Munition beschaffen und sich
dann verschanzen, tagelang die Kommandos
anrennen lassen, tagelang die Lautsprecher aushalten, tagelang in die Blendung der Scheinwerfer
blicken.

Nein, ich will nicht dabei sein, wenn der Staat, unser Staat (wie Harich sagt) an die Spitze des Fortschrittes gelangt und das grösste Bruttosozialprodukt aufweist.

Ich spucke in die verdutzten Mehlgesichter des Achtstundentages. Und ich blicke nicht nach oben zu den Sternen, wo alle Tüchtigen hinblicken zusammen mit den Frommen.

Nirgendwo ist vielleicht der schönste Ort, den man sich vorstellen kann.

Vielleicht hatte Milton dies eingesehen.

12
    Die Briefe liegen um mich herum, verstreut, zum Teil zu kleinen Paketen gebündelt, zum Teil einzeln.
    Die brüchigen Gummibänder zerplatzen bei der geringsten Berührung. Die Briefe springen mich an.
    Und immer von neuem Milton, immer wieder Ruth.

    "Nun bin ich endgültig in Limoges. Ich weiss, auch Du wirst mein Verschwinden als feige Flucht auslegen, vielleicht sogar wirfst Du diesen Brief ungelesen fort. Auch das würde ich verstehen. Trotzdem, wenn ich alles abwäge, und wie oft habe ich das getan, komme ich immer auf die gleiche Lösung. Der alte Mandel, mein Nachbar jetzt und ein ausgezeichneter Schuhmacher übrigens, über siebzig Jahre alt, hat erst vor zwei Tagen zu mir gesagt: Wer noch nie aus eigenem Entschluss geflüchtet ist, weiss gar nicht, welchen Mut es dazu braucht.
    Und er hat recht. Wie lange habe ich den Plan dazu in mir herumgetragen, ihn verworfen, neue Möglichkeiten gesucht. Es ergab sich zum Schluss stets dasselbe: fort.
    Hier, in dieser Stadt, in die ich zufällig gekommen bin, wo nur die Sprache eine gewisse Verbindung zur fremden Umwelt schafft, fühle ich mich zu Hause. Und wie du gemerkt hast, habe ich bereits einen Freund gewonnen, eben den Schuster Mandel. Mit ihm unterhalte ich mich oft. Er kommt aus Galizien.

Was für eine lange Reise und welche Umwege!

Das ist wahrscheinlich meine letzte Station, hat er gesagt. Der Mensch muss zurücklassen können, sonst wird er verrückt. Das heisst nicht, dass er vergessen soll.

Ihr habt Euch alle um mich bemüht, jeder auf seine Weise, aber verstanden hat mich keiner. Ich war erst der Flüchtling, der während des Krieges eindrang in Eure Klassengemeinschaft, später war ich der Fremde, mit dem man nicht wusste, was reden, der kaum je von sich aus ein Gespräch anfing, dann kam Ruth, auch sie begriff nicht, weshalb ich mich nicht eingewöhnen konnte.

Sie tut mir leid, mein Fortgehen muss sie hart getroffen haben. Darf ich bitten, Dich ein wenig um sie zu kümmern. Vielleicht kannst Du ihr mein Verhalten verständlicher machen. Herzliche Grüsse, Milton."

Wie der Zufall spielt. Ich hätte nicht diesen, den obersten Brief lesen sollen, den nicht. Alle anderen meinetwegen, nur nicht gerade diesen. Ruth wusste, warum sie sagte: Verbrenn doch einmal diese alten Fetzen.

Wie dünn ist oft das Eis, das das Wasser deckt, worüber wir gehen.

Milton kam allein zur Schule, ging allein nach Hause. Nicht nach Hause. Er lebte in einem Heim. Milton schreibt von Sprache. Welches war seine Muttersprache? Wie sprach er eigentlich, der Neue?

Ich habe ihn lange nicht reden hören, er
ist stumm geblieben in meinem Gedächtnis, ich
sehe alle sich bewegen, sehe uns in der Pause,
im Hof, lachend, diskutierend, schreiend. Er
stand abseits, schwieg, nickte höchstens, wenn
man ihn ansprach. Vielleicht höre ich ihn reden,
wenn ich mir eine Schulstunde vorstelle. Geschichte, Geographie oder Naturkunde.
    Jetzt wird er aufgerufen, ich höre seinen
Namen. Und Milton erhebt sich, antwortet,
spricht Deutsch, schon in der ersten Woche. Er
sprach auch fliessend Französisch, das war selbstverständlich, kam er doch aus Frankreich. Dass
er aber so gut Deutsch konnte ...

    Da steht er wieder vor mir, gross und
schlank, ich möchte ihn gern beschreiben, aber
er lässt das nicht zu, entwindet sich den Wörtern,
steht immer neben den Wörtern, ist damit nicht
einzukreisen. Ich versuche, mich der Erinnerung
zu stellen:
    Da ist sein Gesicht, flächenhaft, im Laufe
der Jahre sind die Einzelheiten zurückgetreten,
haben sich verwischt. Geblieben sind die grossen
Züge, die ihn erkennbar machen wenigstens.
Aber das wird nicht genügen, um ihn aus der
Masse Leute herauszuheben. Ich werde mehr
sagen müssen über dieses Gesicht, das ich nun
zwischen den Fensterkreuzen sehe, deutlich
genug, um Weiteres darüber bekanntzugeben,
über sein schwarzes, straff gescheiteltes Haar
(der Scheitel ein kalkiger Kreidestrich), das die

Stirn scharf abgrenzte, über das ovale Gesicht
mit den auffallend langen und dunklen Wimpern,
über die Nase mit dem geraden, schmalen Grat,
über die vollen, gut durchbluteten Lippen.
 Es entsteht ein Jugendbildnis von Picasso.
Und ihm mag er auch geglichen haben, damals.
Die Augen, die immerzu fragten, gross die
Umgebung abtasteten nach Gefahren und
Zufällen.
 Er lebte mit uns, neben uns, trug Geschichten mit sich, Hoffnungen: seine Eltern wieder
zu finden, zum Beispiel, nach dem Krieg; alles
hinter sich zu lassen und neu zu beginnen, mit
Ruth.
 Und wie verloren in den vielen Menschen
und im Strassenlärm, wie still und einsam war
sein Gesicht, als er mir erzählte, dass er endlich
Nachricht erhalten habe über den Verbleib
seiner Eltern. Dass sie tot seien, beide, vergast.
 Es gibt, so glaube ich, Einsamkeiten, die
nicht zu durchmessen sind, die länger sind als
alle Felder zusammengenommen, und auf
dieser unendlichen Fläche stand Milton und
sagte mir:
 Ils sont morts.
 Da war mit einem Mal Winter, Frost, mitten
im Sommer, die Stadt erfroren im eisigen Wind
dieser Nachricht.
 Milton ein Wanderer, rastlos; Ruth, die ihn
sesshaft machen wollte.
 (Vielleicht gehört Vergessen zur Gesundheit
wie irgendein Antibiotika.)

Ruth zog zu Milton, ich sah sie nicht mehr in der Strassenbahn, am Morgen, wenn ich zur Arbeit fuhr. Erst viel später, nachdem Milton fortgegangen war, traf ich Ruth wieder an der Haltestelle. Sie trug immer noch ihren grünen Mantel.

Wir sprachen nie über Milton.

Ich weiss nicht einmal, ob Ruth mit Milton Deutsch oder Französisch gesprochen hat.

Es ist mühsam, durch den Schacht der Erinnerung zurückzukriechen. Man besudelt sich, versucht zum Schluss, den Dreck abzuklopfen und sich zu entschuldigen.

Ich blicke hinaus, in diese nachmittagsstille Seitenstrasse, wo hin und wieder eine alte Frau zum Einkaufen vorbeigeht. Die Birke im Vorgarten ist kahl. Der Wind kann sich nicht mehr in den Ästen verfangen.

Wenn sie kommen, und sie werden kommen, kann es sein, dass ich immer noch auf diesem Stuhl am Fenster sitze, einen Brief auf den Knien, Briefe auf dem Boden um mich herum, während draussen die Nacht steht, die sich längst in mir breitgemacht hat. Und die Gesichter, die sie hinter meinem Gesicht vermuten, sind alle gestorben.

Das Haus ist eine Falle. Ich habe mich zurückgezogen auf die letzte Verteidigungslinie. Das Telephon ist die Nabelschnur zur Welt draussen. Doch wie schnell ist das Kabel gekappt.

Sie durchsuchen meine Wohnung, räumen Schubladen aus, öffnen die Schränke, rücken Möbelstücke zur Seite. Die Briefe werden zerwühlt. Sie sagen nichts, nichts zu mir und auch nichts zueinander. Zwei Roboter führen einen Auftrag aus. Sie steigen noch in den Keller, tasten mit dem Lichtkegel der Taschenlampen Zentimeter um Zentimeter des Bodens ab. Nirgendwo ist eine Bodenöffnung, eine Falltür zu einem Versteck.

Nur Spinnweben.

Zum Schluss unterschreibe ich ein Formular.

Ist die Hölle nicht so heiss, wie man sie macht?

Jedenfalls: Das Katz- und Mausspiel hat begonnen.

Meine Nervenzellen variieren das Wort *Flucht.*

Die Tempi stimmen nicht.

Es ist spät.

Nur ein verzweifelter Spieler setzt alles auf einen einzigen Wurf.

13
   Das Bild von Udo Jürgens auf einer Doppelseite der Illustrierten. Hans Kramitsch holt sich Zigaretten (nicht die Pfeife!). Zündet sich eine Marlboro an. Nimmt die Zeitschrift vom Boden auf, liest: Udo Jürgens liebt Rot, Rosen, Pferde, Arden for Men, Schwimmen, 1. F.C. Nürnberg, gefüllte Paprikaschoten, Kamillentee (Bühne) und Wodka (privat), Bardot, 'Krieg und Frieden', 'Bonanza'. Hans Kramitsch legt die Illustrierte aufs Bett, dreht am Knopf des Transistors, sucht sich Musik, ärgert sich über die Musik, über den Artikel über Udo, erinnert sich, dass er eigentlich in die Badewanne steigen wollte.
   Hans Kramitsch steht auf, streift mit der Hand versehentlich glühende Asche von der Zigarette. Die Gluten fallen auf die Zeitung, brennen dort kleine, braun geränderte Kreise aus dem Papier. Kramitsch schlägt mit der flachen Hand aufs Papier, um einen Zeitungsbrand, Bettbrand, Zimmerbrand, Hausbrand zu verhindern.
   Ein jegliches hat seine Zeit.

   Schliesslich geht Kramitsch ins Badezimmer, schüttet vom Badezusatz, den Ruth zurückgelassen hat, in die Wanne, dreht den Hebel von 'Dusche' auf 'Wanne' und öffnet den Wasserhahn. Kramitsch blickt in den Spiegel, sieht ein Gesicht, das offenbar sein Gesicht ist, er erkennt es, er spitzt den Mund wie ein Fisch, jetzt, schliesst den Mund wieder und geht vom Spiegel weg.

Dampf füllt das Badezimmer, Kondenswasser schlägt sich an den Wänden nieder. Kramitsch weiss doch nie, ob er erst das heisse oder das kalte Wasser einlaufen lassen sollte. Eine Mischbatterie hat die Wanne nicht.

Er erinnert sich aber genau, dass er früher im Badezimmer oft und gern gesungen hat, dass hier seine rauhe, unbeholfene Stimme annehmbar geklungen hat, ihr sogar eine gewisse Klangfülle nicht abzusprechen gewesen ist. Er hat Old man river gesungen, die Titelzeile, dann ohne Worte weitergesummt, oder selbsterfundene Worte mit der Melodie in Einklang zu bringen versucht. Er hat Nobody knows gesungen, dieses Lied singt er sogar heute noch, manchmal. Doch jetzt mag er nicht singen, keine Wörter erfinden oder Wörter nachsingen, er will schweigen, sich einhüllen mit dem gleichmässigen Geräusch des plätschernden Wassers.

Kramitsch wartet, bis das Wasser die Badewanne zu zwei Dritteln gefüllt hat. Dann zieht er sich aus, legt die Kleider über den mit buntem Plastik überzogenen Stuhl und lässt noch kaltes Wasser nachfliessen.

Mit der Hand prüft er vorsichtig die Wassertemperatur.

Darauf steigt er mit dem linken Bein über den Wannenrand, so dass sich sein Körper zur Tür abdreht. Das gibt Kramitsch ein Gefühl der Sicherheit. Langsam zieht er das rechte Bein nach. Nun steht Hans Kramitsch aufrecht in der Badewanne.

Er wäscht sich gründlich.

Und da ist auch wieder der Spiegel mit einem ausgemergelten Gesicht davor. Das Flackern in den Augen verrät Angst, kriechende, schweissige Angst. Kramitsch starrt auf die Lippen und liest das Wort Trapezunt von ihnen ab.

Danach werden sie nicht fragen. Dorthin vermögen sie ihm nicht zu folgen.

Trapezunt eröffnet Möglichkeiten.

Die Zitadelle auf der Höhe. Der Kern der Häuser kreisförmig um diesen Mittelpunkt angelegt, auf einem Plateau. Unten am Wasser die Stapelplätze, ein paar Fischerhäuser, nicht mehr. Durch die Klippen die Windungen des steilen Pfades nach oben. Hinauf zur abgeflachten Kuppe. Zu den alten Stadtmauern, den langsam zerfallenden Toren: Bruchsteinquader im sparrigen Kraut, einst mühsam hinaufgerollt, die Brocken, Sklavenarbeit, Sklaventode.

Nun sinken die Steinblöcke in den Dreck, gleiten dahin zurück, wo sie einmal ausgeladen worden sind.

Kannte Marco Polo die Stadt?

Eine Stadt wird erbaut. Mauern, Türme, Zinnen, ganze Häuser aus dem Baukasten der Phantasie.

Die Stadt wächst. Nimmt Form an. Ähnelt Städten der Erinnerung. Kramitsch übernimmt die Schrittlänge der Einheimischen. Ein gemächlicher, schleppender Gang. Das Auskreisen der Zeit. Sie strömt an den Mauern vorbei.

Die Haut bräunt sich, verliert allmählich das krankhafte Gelb der Zimmerluft.
Die Sodbrunnen müssen tiefer gegraben werden.
Städtegründer. Stadt. Grund.
Hat Dschingis Chan die Stadt einst erobert?
Vom Land her, auf zähen Steppenpferden.
Die letzte Ziege wird auf der Mauer geschlachtet, vor den gierigen Augen der Belagerer.
Stück für Stück des weissen Fleisches wird von den Mauern hinunter geworfen ins feindliche Lager.
Täuschung.
Täuschung als Idee der Flucht.
Wenn Kramitsch auf der Landkarte eine Gerade zieht, kommt er nach Trapezunt. Die Gerade ist die kürzeste Verbindung zwischen zwei Punkten.
Trapezunt ist der Endpunkt.
Die Stadt existiert.
Eine Zeitungsnachricht hat es bewiesen:
In Trapezunt ist ein erstinstanzlicher Wahrspruch bestätigt worden, wonach die Flugzeugentführung zweier Litauer als politischer Akt zu werten sei. Damit kann die türkische Regierung dem Auslieferungsbegehren juristisch nicht mehr entsprechen.
Also Hoffnung.

Heute ist Mittwoch. Wenn nicht Mittwoch wäre, würde im Fernsehen, ZDF, nicht Willi Tobler und der Untergang der 6. Flotte gebracht.

Die Panzerformationen haben sich in Raumschiffflotten verwandelt. Gumrak, Kalatsch und Pitomnik, die Untergangsstationen des Jahres 1943, heissen nun Eisgürtelsektor, Sonne Mira und Krüger 60. Distanzen im All werden zu Entfernungen von jenem bescheidenen Ausmass, wie sie einst, im Süden des Kessels, die Infanterie zwischen Zybenko, Krawzow und der Höhe 129 zu überwinden hatte.

Und Willi Tobler fliegt durch die Sonne, fliegt durch das Licht und die Hitze hindurch.

Willi Tobler schafft es.

Seht, wie das Raumschiff am nächtlichen Himmel phosphoriszierend dahinzieht.

Tobler Willi ab durch die Sonne. Den Milchstrassen entgegen. Und im Bordell von Altamira sorgt Sandra für das Vergnügen ...

... zwischen Stahlträgern Sternbilder zählte auf Grosser Bär hörte den Sturm ihres Atems und es wich die Hast von ihm die Angst gab ihm Ausdauer über eine Strecke die er nie geschafft hätte mit seinen ungeübten Muskeln wie ein Langstreckenläufer teilte er seine Kräfte ein und als er das Ziel durcheilte seinen Körper nach vorn warf zurückschlaffte und der Schmerz der sich eingrabenden Treppenkante einen Schrei lösen wollte da wurde sein Körper leichter sah er den Schatten ihres Körpers weggleiten.

Du wirst einen stillen Tod haben, ein winziger Märtyrer, vielleicht, keiner Zeile wert, keiner Umtriebe wert, ein Wurm, der sich zur falschen Zeit krümmte.

Eine Kellerassel wird zertreten.
Mag sein, dass du zu einem Feiertag oder zum Geburtstag Harichs begnadigt wirst. Nicht namentlich. In einer Generalamnestie, namenlos mit den Namenlosen wirst du das Gefängnis verlassen, und die Welt hat sich seither so verändert, dass du dich zurücksehnst hinter die Mauern, die für dich zur neuen Welt geworden sind. Die Freiheit wird dich blenden wie das Sonnenlicht ungeschützte Augen.

Du wirst dir einen Fetzen Papier verschaffen, einen Bleistiftstummel dazu, um Ruth einen Brief zu schreiben, du hast ihr viel zu sagen, du schreibst eng, mit kleinen Buchstaben, aber zum Schluss, wenn du den Brief in den Umschlag steckst, wirst du innehalten und den Brief in die Rocktasche schieben, wo er verknittert und langsam zerfällt, denn du kennst die Adresse von Ruth nicht.

Deine Augen werden sich weiten und werden so gross wie jene von Milton: staunend und voller Angst vor dem nächsten Tag.

14

Hans Kramitsch malt Plakate. Malt Nächte hindurch.

Seine Hand ist nun ruhig geworden.

Manchmal, wenn ein Pinselstrich besonders gut gelungen ist, lacht Kramitsch laut auf.

Morgens betrachtet Kramitsch sein Werk. Er schreitet die Wände ab, wo die Plakate angelehnt stehen.

Er hat nicht schlecht gearbeitet.

Kramitsch holt aus der Werkzeugkiste im Schrank auf der Terrasse eine Ahle. Damit bohrt er in jedes Plakat oben links und rechts ein Loch. Später wird er durch die Löcher Drähte ziehen. Auf den Plakaten sind Wörter und Sätze.

Wer Wahlplakate beschmiert, beschädigt fremdes Eigentum.

Es kann nicht geleugnet werden, dass Kramitsch es versteht, planmässig vorzugehen, zu organisieren.

Das hat ihn sein früherer Beruf gelehrt. Wenigstens das, sagt sich Hans Kramitsch.

Widerstandskampf ist keine Sache sentimentaler Aufwallung, sondern bedarf nüchterner und scharfsinniger Planung. Zivilverteidigung.

Er holt nun die grossen Einkaufstaschen. Nur einen kurzen Augenblick lang überlegt er, ob er sich nicht doch erst rasieren soll. Das Stoppelfeld im Gesicht ist eine Landschaft geworden. Unter dem Bart kommt das verwelkte Gesicht Kramitschs zum Vorschein. Die Klinge spart die Furchen aus.

(Die Bodenunebenheiten als Deckung ausnutzen!)
Kramitsch spannt mit Daumen und Zeigefinger die Haut. Die glattgezogenen Felder sind heller.
Die Stoppeln liegen kreuz und quer im Waschbecken.
Kramitsch sieht nun aus wie Kramitsch nach den Fotos auszusehen hat. Er wird niemandem auffallen. Das Gesicht könnte in jedem Pass stehen.

Die Strassen sind ziemlich leer. Der Weg zum Spezierer Heinrichsen ist nicht mit Hausfrauen gepflastert. Noch hängen die Bettlaken nicht aus den Fenstern.
Kramitsch kauft vorwiegend Büchsengemüse: Bohnen, Erbsen, Linsen, Karotten. Auch Teigwaren. In dieser Jahreszeit lässt sich das gut stapeln. Auf der Check list stehen auch Kartoffeln. Viel Kartoffeln.
Klug ist, wer Kartoffeln isst.
Heinrichsen begreift nicht. Er blickt dem beladenen Kramitsch nach, bis dieser um die Ecke verschwindet.
Die Büchsen versorgt Kramitsch vorläufig auf der Terrasse, die Teigwaren und Kartoffeln in der Küche. Die Lebensmittel auf der Terrasse wären vom Zimmer aus mit gestrecktem Arm zu erreichen.
Das ist wichtig, sagt Kramitsch.
Dann verlässt er erneut das Haus.

Im Konsum besorgt er sich nochmals Büchsengemüse.
(Heinrichsen wäre misstrauisch geworden.)
Bier darf selbstverständlich auch nicht fehlen.
Zwei Taschen voll schleppt Kramitsch nach Hause, um die verschiedenen Häuserblocks.
Als nächstes kommt der Bäcker dran: Brot (Schwarzbrot, das hält länger) und Knäckebrot (das hält noch länger).
Und als Kramitsch im Laden steht, empfindet er so etwas wie Glück, leicht wie eine Sommerbise, flüchtig wie eine Spiegelung. Tief atmet er den Duft von frischen Semmeln ein. Draussen verscheucht er mit einer Kopfbewegung diesen Anflug von Sentimentalität.
Es wird zusehends schwieriger mit dem Einkaufen. Der Weg dehnt sich von Mal zu Mal, das Tragen wird entsprechend mühsamer. Aber Kramitsch lässt nicht locker. Unermüdlich schleppt er Vorräte nach Hause. Und immer von einem anderen Laden.
(Besser ist furchtsame Vorsichtigkeit, denn dummkühne Vermessenheit, sagt sich Kramitsch.)
Ueber Mittag legt er sich für zwei Stunden hin, schläft seit langem wieder einmal traumlos, ruhig.
Noch einmal nimmt er die Taschen und verlässt das Haus. Diesmal geht es um Fett und Öl, ferner um Rauchwürste und gedörrte Früchte. Der Mann im Reformhaus muss fast sein ganzes

Lager an Dörrfrüchten räumen. Schliesslich überwiegt die Neugier den Erwerbssinn.

Sind Sie Ausländer, haben Sie eine Reise vor? fragt der Mann hinter dem Korpus.

Ja, eine weite Reise, sagt Kramitsch, nach Trapezunt, wenn Ihnen das ein Begriff ist.

Die Tür schliesst mit sanftem Glockenschlag.

Kramitsch hat es geschafft. Die Wohnung ist vollgestopft mit Lebensmitteln.

Noch fehlt hingegen die Munition.

Von seinem Vater hat Kramitsch einen Trommelrevolver geerbt. Kramitsch holt ihn aus der Schublade des Nachttischchens, wo er seit Jahren unbenutzt gelegen hat. Kramitsch kommt zugute, dass er früher einem Schiessverein angehörte. (Alles zu seiner Zeit.) Er zerlegt den Revolver auf dem Küchentisch, den er zuvor mit Papier abgedeckt hat. Sorgfältig reinigt er Lauf und Verschluss.

(Ein Revolver ist immerhin etwas, sagt sich Kramitsch.)

Er liebt den Geruch von Metall und Fett.

Aufpassen wie ein Schiesshund.

Munition und dreissig Liter Benzin sind nun auch besorgt.

Um sich die Munition zu beschaffen, bedurfte es allerdings eines kleinen Tricks. Wie wäre sonst Hans Kramitsch, nach den verschärften Bestimmungen in allen Bereichen des

Lebens, zu den für ihn so wichtigen Patronen gekommen?

Kramitsch kann dem Glück nur Dank sagen, dass es ihm beigestanden ist, als er seine alte, nunmehr ungültige Mitgliedkarte des Schiessvereins vorzeigte. Andererseits, und das muss man ihm zugute halten, tut es ihm auch leid um den kurzsichtigen Verkäufer. Dieser wird einmal für seine Nachlässigkeit zur Rechenschaft gezogen werden.

Das Benzin hingegen war leicht zu haben. Kramitsch hatte die zwei im Keller aufbewahrten Kanister an der Shell-Tankstelle füllen lassen.

(Autofahrer sind keine Revolutionäre ...)

Am meisten aber freut Kramitsch der Stacheldraht.

Das war eine Glanzidee, gesteht er sich voll Stolz.

Kramitsch war in einen Eisenwarenladen gegangen und hatte sich als Schrebergärtner ausgegeben.

Am späten Nachmittag ruft Kramitsch den Hausmeister an und bittet ihn, das Haus räumen zu lassen.

15
Seit vierundzwanzig Stunden ist das Haus umzingelt. Die Hausbewohner sind alle evakuiert.
(Nein, Kramitsch wollte keine Geisel, das hatte er zum voraus beschlossen.)
Im Fernsehen konnte Kramitsch das Haus sehen, worin er sich verschanzt hatte. Auch über den Einsatz der Polizei erfuhr er einiges.
(Das Radio war im Kommentar sogar noch ausführlicher.)
Kramitsch freute sich, als er auf dem Bildschirm die Plakate erkannte, seine Plakate. Im Anschluss an die Spätnachrichten wurde folgende Mitteilung durchgegeben, an deren Wortlaut sich Kramitsch ziemlich genau erinnert:

Es sind sichere Indizien da, dass zwischen der Gründung der FFP und einem sich im Aufbau befindlichen Zellensystem ein Zusammenhang besteht. Zellen sind im Schachclub 'Südquartier', in der Volkstanzgruppe 'Maisänger' und im 'Hilfswerk für gefährdete Jugendliche' festgestellt worden. Die Fäden scheinen bei einem gewissen Hans Kramitsch zusammenzulaufen.

Die Bewachungsposten lösen einander in zweistündigem Turnus ab, hat Kramitsch festgestellt. Nachts werden die Wachzeiten auf eineinhalb Stunden verkürzt.
Kramitsch kennt die Gesichter, meist junge Leute. Einem quillt das blonde Haar unter dem Stahlhelm hervor. Das ist verwunderlich, denn Harich hat strenge Vorschriften über die Haar-

tracht erlassen. In den Coiffeursalons hängen diesbezügliche Fotos, worauf genau die verlangte Kürze und die verbotene Länge abgebildet sind.
Vor zwei Stunden hat Kramitsch dem Posten ein Päckchen Zigaretten über den Gartenzaun hinweg, der beidseits als Verteidigungslinie anerkannt wird, zugeworfen. Es liegt noch immer unberührt im Gras.
(Fraternisierung mit dem Feind unter Todesstrafe verboten.)

Am schlimmsten ist der Schlaf, sagt Kramitsch, sie warten nur darauf, bis ich mich erschöpft hinlege. Dann stürmen sie das Haus.
(Sturmgewehr.)
Kramitsch steht neben dem Fenster in Deckung.
(Es könnte ja einem Scharfschützen in den Sinn kommen, Kramitsch abzuknallen. So eine schöne Silhouette gibt's selten.)
Von hier aus kann Kramitsch zwei Seiten überblicken. In der Ferne ist die Schar der Schaulustigen zu erkennen. Ungefähr dreihundert Meter vom Haus entfernt, auf einem unbebauten Grundstück, steht der Überfallwagen, mit roten Streifen querüber und vier Blinklichtern auf dem Dach, die nachts unentwegt blaue Lichtblitze in die Dunkelheit schleudern.
Vater Zeus.
Zweimal überflog ein Helikopter das Haus.
Das ist gefährlich, sollten sie von oben stürmen.

Kramitsch schoss vorsorglich in die Luft.
Jetzt fährt ein Lastwagen heran. Die Ladebrücke ist mit Zeltplanen abgedeckt. Kramitsch hält sein Fernglas 'Admiral' an die Augen.

Nun ist klar, was sie in der Dämmerung abgeladen haben:
Mit Scheinwerfern strahlen sie das Haus an. Kramitsch sitzt im taghell erleuchteten Zimmer.
(Wenn er alle Fensterläden schliesst, hat er keine Beobachtungsmöglichkeit mehr.)
Zermürbungstaktik, sagt Kramitsch.
Hin und wieder läutet das Telephon.
Kramitsch nimmt nicht ab.
Zwischendurch liest Kramitsch in Carl von Clausewitz' Abhandlung 'Vom Kriege':
Es ist also aus vielen Gründen möglich, dass der Zweck eines Gefechtes nicht die Vernichtung der feindlichen Streitkraft, nämlich der uns gegenüberstehenden, ist, sondern dass diese bloss als Mittel erscheint. In allen diesen Fällen aber kommt es auch auf die Vollziehung dieser Vernichtung nicht mehr an; denn das Gefecht ist hier nichts als ein Abmessen der Kräfte, hat an sich keinen Wert, sondern nur den des Resultates, das heisst seiner Entscheidung. Ein Abmessen der Kräfte kann aber in Fällen, wo sie sehr ungleich sind, schon durch das blosse Abschätzen erhalten werden. In solchen Fällen wird auch das Gefecht nicht stattfinden, sondern der Schwächere gleich nachgeben.

Kramitsch spürt, wie die Zweifel seinen
Willen zernagen. Er schläft nur in Raten, stundenweise. Meist am Tag.
 Wenn Kramitsch leere Konservendosen
aus dem Fenster wirft, zucken die Bewacher
zusammen und nehmen das Sturmgewehr in
Anschlag. Zum Glück hat es gegenüber keine
Häuser. In die rund zweihundert Meter lange
Lücke hätte schon längst ein Wohnblock gebaut
werden sollen.
 Am Waldrand drüben haben sie eine Art
Hochstand gebaut.
 Durch die Ferngläser blicken sich Kramitsch
und die zwei Beobachter in die Augen. Manchmal
versucht Kramitsch zu lachen.

 Der neuste Lagebericht des Radios über
das Unternehmen Kramitsch: Die Situation
habe sich nicht verändert seit gestern. Die Polizei wolle Blutvergiessen auf jeden Fall vermeiden.
Auch die Gegner der Gesellschaft hätten ein
Anrecht auf humane und gerechte Behandlung.
Doch die Geduld des Staates sei nicht unbegrenzt.
Der Schutz der Bevölkerung gehe schliesslich vor.
 (Ist nun Kramitsch endgültig ein Krimineller? Weiss er selbst, ob er schiessen wird
oder nicht?)
 Kramitsch geht es längst nicht mehr um
Sinn oder Unsinn.
 Die Maschinerie läuft.
 Auch die andern haben Plakate aufgestellt.
 Kramitsch entziffert den Text durch das
Fernglas.

Im Hause Dianastrasse 17 hat sich ein Herr H. Kramitsch verschanzt und stellt unmögliche Forderungen. Er ist bewaffnet und besitzt wahrscheinlich Sprengstoff und Benzin. Als Präventivmassnahmen mussten grossräumige Absperrvorkehrungen getroffen werden. Das Betreten des gefährdeten Gebietes ist polizeilich untersagt.
(Und immer wieder die Lautsprecher: Hans Kramitsch, es hat keinen Sinn ... keinen Sinn ... keinen Sinn.
Lirum larum Löffelstiel.)

Kramitsch sitzt da, versucht an etwas zu denken in der Helle mit den weggestohlenen Dimensionen. Doch was er sich auch vorstellt, es zerfliesst im Licht der Scheinwerfer, und wenn er die Augen schliesst, so bleibt das Licht auf der Netzhaut, dringt durch sie hindurch in ihn ein, Kramitsch will sich Ruth vorstellen, aber Ruth hat kein Gesicht mehr, es ist aufgelöst in einen grobkörnigen Raster.
Punkte flimmern, Punkte, die sich nicht ordnen lassen, die ihm das Bild zerstören, so dass er nicht mehr weiss, wie Ruth ausgesehen hat, er muss sich das Gesicht mit Sprache zusammensetzen, sagen, dass Ruth blondes Haar gehabt hat, wasserblaue Augen, eine blasse Haut mit einigen Sommersprossen, eine leichte Stupsnase und zwei Reihen schöner Zähne. (Nur der obere rechte Eckzahn stand schief). Kramitsch liebte es, wenn Ruth lachte, aber in letzter Zeit hatte sie immer seltener gelacht, zum Schluss

überhaupt nicht mehr, sie sagte nur noch ja
oder nein zu ihm, und für diese beiden Worte
musste er schon dankbar sein.

Es geht darum, das Ende festzulegen.
Sich aus dem Fenster stürzen. Ist der zweite
Stock hoch genug? Das Haus in die Luft sprengen oder es anzünden. Ist dafür der Munitions-
und Benzinvorrat gross genug?

Sich ergeben, sie im Zimmer erwarten,
zusehen, wie sie, das Sturmgewehr im Anschlag,
hereinstürzen —
So endet kein Held: mit erhobenen Händen
aus der Wohnungstür. Zuschauer und Berichterstatter wünschen sich einen Höhepunkt. Der
Aufbau des klassischen Dramas muss gewahrt
bleiben.

Hans Kramitsch ist kein Held.

Oder ist Kramitsch tatsächlich ein Irrer,
wie es die Nachrichten verbreiteten?

Vielleicht. Steckt im Wort librium nicht
auch der Stamm liber, frei, offen; libertas gleich
Freiheit?

Wie der Mensch am Leben hängt.

Sich einschiffen nach Trapezunt.

Kramitsch schiesst zweimal in Richtung
des Streifenwagens. Amseln schrecken verzweifelt piepsend hoch.

Dann holt Kramitsch in der Küche den Rest
Pappkarton, den Farbtopf und den Pinsel.

Es ist nicht einfach, die Wörter zu finden.

Das ist viel schwieriger, als sich denken
lässt.

Wörter gegen Teufelsaustreiber.

Als Kramitsch, auf dem Boden kniend und malend, den Schatten auf dem Pappkarton gewahrte, erwartete er mit einer gewissen Ungeduld den Schlag ins Genick.

III. Teil

1

Die Schonzeit ist vorbei.
Die Kopfschmerzen werden stärker. Bald
kommen die Falken. Ihr gleichmässiger Flügelschlag ist nicht zu überhören. Nur kann ich noch
nicht ausmachen, aus welchem Quadranten sie
anfliegen.
(Quadrant: Viertelkreis, zum Beispiel des
Äquators, der Windrose.)
Im schrebergarten
züchten wir blumen
wir lieben
die rosen
den wind
der das haar kämmt
im schrebergarten
zeigen wir die
blumen im wind
und sagen: die
windrose
blüht.
Es sind alte Vertraute. Noch in der Dämmerung heben sie sich dunkel ab. Die Ärzte
geben Spritzen und Medikamente. Aber die
Falken haben sich bei mir einquartiert. Sie sind
nicht so schnell zu vertreiben.
Die Falken lassen mir nicht die Flucht in
die Nacht, die zerschnitten wird von den Drähten,
die sich von Telegrafenstange zu Telegrafenstange
spannen. Und da kann ich nicht mehr zurück,
habe ich erst angefangen, die Schritte zu zählen,
die zwischen den einzelnen Masten liegen.
Ein unerklärlicher Zwang treibt mich
weiter.
Es sind nie gleichviel Schritte. Daran merke

ich, dass mein Gang unsicher ist, dass ich
schwanke. So werde ich den Falken eine leichte
Beute sein. Die schützenden Wälder liegen zu
weit weg.

Ich habe mir abgewöhnt zu schreien. Es
nützt nichts. Damit störe ich nur den Schlaf der
Nachtschwester.

Die Spritzen und Medikamente helfen
nicht viel. Wenn ich am Morgen aufwache und
die blaugeschlagenen Arme betrachte, weiss ich,
dass es eine schwierige Flucht war.

Die Schwester wird mir heute Papier bringen müssen.

Erzählen Sie doch, Herr Kramitsch, sagen
sie immer wieder hier. Der Arzt und die Schwester.

Sie glauben mir nicht, dass ich schon alles
erzählt habe.

Den Schluss noch nicht, antworten Sie mir.

Die Schwester meinte gestern: Was auf dem
Papier sei, belaste nicht mehr.

Wenn das so einfach wäre.

Sie hat sich im Umgang mit den Menschen
eine eigene Logik zurechtgelegt. Ich nenne sie
die Hasenfell-Logik.

Wer sein Inneres nach aussen stülpt, ist
geheilt.

Bei mir ergeben sich offenbar Schwierigkeiten.

Ich bin mir bewusst, was das bedeutet,
einen Sachverhalt niederzuschreiben. Nicht
wegen der Handlung, sofern man überhaupt von
Handlung sprechen kann. Vielmehr fürchte ich,
die Beweggründe nicht klar darstellen zu können.

Einen See zeichnen, ist nicht allzu schwer.
Aber wer brächte es fertig, die Strömungen und
die unter dem Wasserspiegel liegende Landschaft
auch nur mit einiger Sicherheit einzutragen?
Leider beharren sie darauf.

Ich will damit sagen: Das Papier ist zu
verbindlich. Jedes Wort kann gegen das andere
abgewogen werden.

Die Schreibmaschine lehne ich aus einem anderen Grund ab. Das weisse Papier vor mir, auf Augenhöhe beinahe, diese blendende, makellose Fläche versetzt mich in Panik.

Beim Einspannen des Papiers zittern meine Finger, zittere ich am ganzen Körper.

Da ist kein Fallschirm auf blauem Hintergrund.

Jede Type, die ich anschlage, lässt einen Buchstaben nach oben schnellen, wo er ein Zeichen auf das Papier drückt. Und die Zeichen bilden ein Wort, bilden Wörter. Ganze Wörter können nicht mehr gelöscht werden.

Ich weigere mich, die Schreibmaschine zu benutzen.

Die Sinne trügen nicht, aber das Urteil trügt.

Und da ist noch etwas: Wenn ich glaube, im Kopf einen Satz zurechtgelegt zu haben, der meinem Gedanken einigermassen entspricht, so verhaspeln sich die Finger, verfangen sie sich zwischen den Tasten, heben den falschen Buchstaben nach oben.

Es ergeben sich Verwechslungen, man könnte sogar eine Gesetzmässigkeit ableiten.

(Davor fürchte ich mich.)

Es werden dabei die Wörter

Flucht zu Fluhct

Ohnmacht zu Honmacht

Trost zu Trots.

Ich bin sicher, dass sie daraus die Schlüsselwörter

Flut, Hohn und Trotz bilden würden.

(Begreifen Sie mich jetzt?)

2

Das Papier, das sie für Handschrift zur Verfügung stellen, ist liniert und hat einen leicht gelblichen Ton. Lohgelb. Damit finde ich mich besser zurecht.

Ich bin trotzdem auf der Hut, schreibe langsam, achte auf meine Schrift, achte auf
Grösse und Kleinheit
Eile und Langsamkeit
Druck und Druckschwäche
Formen und Bindung
Längenunterschiede
Regelmässigkeit
Rechts- oder Linkshäufigkeit
Weite und Enge
Fülle und Magerkeit
Schärfe und Teigigkeit
Buchstaben- und Zeilenabstände
Steil- oder Schräglage
Ebenmass
Über- und Unterstreichungen

Das sind Fallen genug.

Ich weiss: Es gibt kein Entwischen, Ausscheren. Es ist aussichtslos. Sie fangen mich in den Zeichen. Sie werden die Zeichen zusammenhaken zu einem Muster, und dieses Muster soll dann mein Leben sein.

Meine *Lebensbeschreibung.*

Auch ein Igel kann nicht immer zusammengerollt bleiben.

Den Schluss meines Berichts habe ich ihnen bis heute verweigert. Aber das ist sinnlos. Da steht dieser Satz im Militärstrafgesetz, das zur Zeit gültig ist:

Über die Festnahme ist, soweit es die Umstände erlauben, ein Protokoll aufzunehmen. Es ist von dem, der die Festnahme angeordnet hat, und vom Festgenommenen zu unterzeichnen.

Also, was will ich da tun? Der Ausweg führt nur durch die Pforte der Unterwerfung.

Das seltsame an meiner Lage ist, dass sie mir ungehindert die Benützung der Bibliothek erlauben. So habe ich Zugang zu Lexika, Wörterbüchern (Geflügelte Worte von A bis Z zum Beispiel), Gesetzessammlungen, militärischen Abhandlungen, kunsthistorischen Betrachtungen, wobei manche Publikation noch aus der Zeit vor Harichs Regierungsantritt stammt. Ich habe von den Büchern regen Gebrauch gemacht und versucht, mein Leben in Beziehung zu bringen zu diesen gewissermassen offiziellen Normen, ich habe oft meinen bisherigen Bericht mit Zitaten unterbrochen, um eine Stelle zu verdeutlichen oder meine augenblickliche Verhaltensweise erklärbar zu machen. Ich bin nicht sicher, ob mir das gelungen ist. Es mag auch sein, dass sie eher meine Verstrickung, mein falsches Verhältnis zur Staatsgewalt — das Wort Gewalt könnte schon wieder falsch sein — herauslesen, sozusagen eine notorische Negierung dessen, was zum allgemeinen Wohl notwendig ist. Aber wie soll ich dies alles verständlich darlegen? Ich kann ihnen bestenfalls eine Beschreibung der Vorfälle geben. Sie werden meinen Text nehmen, meine Sätze, sie werden die Wörter extrapolieren und aus den gewonnenen Grössen eine Figur rekonstruieren, mich:

Hans Kramitsch.

Die Schwester kommt. Sie erinnert mich an Ruth. Nicht nur äusserlich mit ihrem Gesicht, ihren Haaren, ihrem Lachen. Auch den Gang, ihre Art, einen Fuss beim Stehen abzuwinkeln, hat sie mit Ruth gemeinsam.

Hier ist neues Papier, sagt sie. Und: Versuchen Sie es doch, es kann nur von Nutzen sein.

Ich betrachte ihre Hände. Sie sind vielleicht noch weisser als die von Ruth. Die Krankenschwester heisst auch Ruth.

Das erschwert alles.

Falle ich einer Täuschung zum Opfer oder
täuschen sie mich, damit ich ihr Opfer werde?
Ich müsste ihre Freundlichkeit abkratzen wie
Mörtel an einer Wand. Ihre Freundlichkeit ist
mehr als Mörtel: sie ist eine festgefügte Mauer.
Chinesische Mauer.
Lassen Sie sich Zeit, sagt Schwester Ruth
noch und geht leise hinaus. Die Haube wippt
wie die Kammfeder beim Wiedehopf.
Hans Kramitsch ist in der Geschlossenen
Abteilung der Psychiatrischen Universitätsklinik.
Es lebe der Grossmut Harichs!
*Der Mensch ist nie so schön, als wenn er
um Verzeihung bittet oder selbst verzeiht.*

Da liegt nun der frische Stoss Papier vor
mir, auf dem Tisch. Ich spüre, wie der Juckreiz
kommt. Am Rücken fängt es an, ein Ameisen-
haufen, der in Unordnung geraten ist. Ich kratze
mich in den Haaren, sehe, wie die Schuppen auf
die dunkle Tischplatte fallen.
(Wenn du dich nicht richtig wäschst, be-
kommst du einen Ausschlag.)
Die Krätze.
Ich habe hier schon einige gesehen, die
schorfig umherlaufen.
Es seien die Medikamente, hat mir einer
gesagt, mit vorgehaltener Hand, ja, die Medikamente, darin wohne der Teufel.
Moderner Exorzismus.
Im Teufel kann nur ein Teufel stecken.
Vor meinen Augen flimmert Schnee.
Schöner, klarer Schnee. Landschaften. Über-
belichtete Fellini-Sequenz. Meine Achselhöhlen
schweissen sich nass.
Engelszungen.
Engelszungen schreibe ich quer über das
oberste Blatt.
Ich zerknülle das Papier. Mit der linken
Hand.

Linkshänder.

Aber ich werfe das Blatt nicht in den Abfallkorb. Bin ich sicher, ob sie den Abfallkorb nicht durchsuchen?

In die Hosentasche damit. Das Klosett runter.

Fort mit dem Niagarafall der Spülung.

In der Dämmerung dieser Hallen schlafen die Träume ein.

Aufschub nützt nichts. Sie werden auf meinem Bericht bestehen, bis zum Schluss. Ihr Netz ist fein gewoben. Ein Kunstwerk.

Die Seelöwen wenden im Wasser blitzschnell. Als Kind schon habe ich sie bewundert, wie sie auf den Fels zuschwammen, mit der Schnauze geradewegs darauf zupfeilten und dann, kaum eine halbe Körperlänge vor dem Stein, sich aufbäumten, einen Purzelbaum rückwärts schlugen und in der Gegenrichtung davonschossen.

Schossen.

Schüsse.

Das Haus kann nicht umgangen werden. Die Beschreibung muss sein. Nur nicht das Netz berühren. Das Netz verletzt nicht wie der Fels. Das Netz ist heimtückisch, es gibt nach, kein plötzlicher Widerstand, nichts, immer weitergeschwommen. Aber da strafft sich das Netz, die Maschen bleiben unverrückbar in ihrer Weite, das Ausweichen, das Wenden ist unmöglich.

Gefangen.

Soll ich mich mit diesem Bericht loskaufen?

3

Wenigstens stellen sie mir keine Blumen mehr ins Zimmer. Fleischige, saftstrotzende Dotterblumen haben sie am ersten Tag auf den Tisch gestellt. Ich mag keine Blumen.

Zwei Ar Blumen züchtete der Hausmeister. Vom Frühjahr bis in den Herbst. Hinter dem Haus.

Ein Meer von Blumen, sagte er. Mehrmals im Jahr.

Blumenzüchter sind wie Hundezüchter. Sie leben von der Geometrie. Beet und Zwinger.

Dotterblumen hasse ich. Ihre fetten Stengel und weichen Blätter. Sie täuschen Kraft vor, dabei sind sie vollgesogen mit Wasser. Dieses Gelb.

(Dotterblumen unter das Kinn gehalten: liebst du Butter?)

Insekten meiden Dotterblumen. Nur Hummeln fliegen sie an.

D steht für mich im Alphabet für Dotterblume.

Dotterblume steht für mich im Alphabet für D.

Der Satz ist umkehrbar. Die beiden Sätze sind gleich lang. Sie haben dieselben Wörter. Sie sind spiegelbildlich kongruent.

Blumen.

Blumen streuen auf die Wege.

Blumen vor die Füsse von Staatsoberhäuptern.

Blumen an Empfängen.

Blumen zur Hochzeit.

Blumen am Grab.

Blumencorso.

Blumentag.

Blumensprache.

Blumen duften, blühen, leuchten, glänzen, welken.

Blumen vor dem Fenster.
Blumen zu Hause im Garten.
Blumen im Garten der Anstalt.
Blumen in der Vase.
Blumen im Blumenladen.
Blumen auf den Wiesen.
Blumen am Waldrand.
Blumen am Bach.
Dotterblumen.
Das Gelb der Blüte, das in die Augen springt.
Der *gelbe Wagen* kommt, sagte meine Mutter. Sei anständig und mach keine Dummheiten, sonst kommt der *gelbe Wagen* und holt dich.
Der gelbe Wagen kommt! Hörst du?
Warum sollen die Wagen der Irrenhäuser, die nun Nervenkliniken genannt werden, aber dennoch die alten Häuser geblieben sind, die halbzerfallenen und soundsovielmal renovierten Backsteinbauten, denen man bis in unsere Tage Irrenhäuser sagte, warum sollen die Wagen der Irrenhäuser gelb sein?
Gelb, sagte Ruth (meine Frau), ist die Farbe des Neides, des Hasses, der Falschheit.
Gelb ist im Buddhismus die Farbe des Glaubens.
Sind die Irren Gläubige oder die Gläubigen Irre?
Man soll nicht an den Sätzen rütteln.
Glaubenssätze.
Gelb ist auch der Himmel, bevor Hagel kommt.
Immer ist irgendwo ein Pferdefuss.
Hahnenfuss.
Dotterblume.
Die Wagen schwenken ab von der gewohnten Fahrbahn. Die Strassen werden schmaler. Einbahnstrassen. Die Häuser hören auf, da zu stehen. Die Wiesen auf der anderen Seite des

Stadtrandes schrumpfen zu Anlagen. Sie dürfen selbstverständlich nicht betreten werden. Ein Backsteinbau kann nur rötlich sein. Das Grenzland macht jeden sichtbar, der flüchten möchte. Viele von uns arbeiten tagsüber auf den Feldern. Ein müder Körper schleppt einen schlaffen Geist.

Das Weiss der Ärzte und Schwestern klirrt wie Eis.

An den Besuchstagen bricht eine Welt in eine Welt ein.

Mich besucht niemand. Gottseidank.

Wann wird wieder irgend jemand sagen, draussen: Da geht Hans Kramitsch. Ist das nicht der Kramitsch, der dort geht? Und da wird dann tatsächlich Hans Kramitsch gehen, schleppender als früher, zögernder seinen Schritt bemessend, vorsichtiger den Fuss aufsetzend. Da geht er durch die Freie Strasse, langsam, bleibt öfter stehen, sieht in die Läden, blickt auf die Auslagen und weiss nicht, was das alles soll. Da geht Kramitsch vielleicht eines Tages auch über den Friedhof vor der Stadt, liest die Namen auf den Grabsteinen und erinnert sich an Gesichter, die nicht mehr sind, da fragt sich Kramitsch, ob die Leute sein Gesicht wiedererkennen oder ob sie ihn als Verfemten übersehen, nicht mehr grüssen wollen?

Hans Kramitsch wird die Angewohnheit haben, häufig aufzustehen, nirgends sich lange hinzusetzen, er will nicht auffallen, nur das nicht, er muss sich unter die Leute mischen, um sie alle von sich fern zu halten.

Hans Kramitsch beginnt, sein Leben in die Begriffe 'draussen' und 'drinnen' zu unterteilen.

Er sitzt da und überlegt sich, wie das wäre, unter einem Baum in einem Park zu stehen und eine Orange zu schälen, den Fingernagel des Daumens in die weiche Schale zu pressen und dann Stück um Stück davon wegzuziehen, bis die Frucht bloss in seiner Hand liegt. Oder einen Apfel zu essen, den Saft mit den Lippen einsaugend, sich bis zum Butzen vorbeissend, das knackende Geräusch in den Ohren, oder aber zu Hause an den Kühlschrank zu gehen und sich ein Bier herauszuholen. Es gibt soviel, was sich vorstellen lässt. Die einfachsten Bewegungen sind die phantastischsten.

Hier drinnen gerinnt alles zu einem Schattenspiel.

In Ulm, um Ulm, um Ulm herum.
Um den Bericht komme ich nicht herum. Sie bestehen darauf. Wenn ich mich sträuben würde, so hat der Arzt durchblicken lassen, könne man mich auch gesund schreiben.

Das bedeutet: Dislokation ins Gefängnis.
Ich schütze mich vor Harichs Staat durch Irresein.

Gut, sie werden den Bericht erhalten.
Selbstverständlich, habe ich gesagt.
Aber ich lasse mir Zeit. So, wie sich Milton Zeit gelassen hat, bis er wusste, wie sein Leben weiterzugehen habe. Auch Ruth hat Jahre dazu gebraucht.

Ich kann nicht in wenigen Wochen ausdrücken was war und was sein wird oder könnte.

(Überhaupt: ich bin es nicht gewohnt, Selbstgespräche aufzuschreiben.)

Wenn ich über das Linoleum im Flur gehe, sehe ich meinen langen Schatten. Irgendwo werden sie ein Ziel abgesteckt haben. Vielleicht haben sie sich einen Hochstand gebaut, blicken mit ihren Ferngläsern über die Ebene und machen mich als Punkt aus, lange bevor ich sie sehen kann.

Sie lassen mir die Freiheit, die Richtung zu wählen.

Der Winter wird bald einmal kommen.

In ein paar Wochen werden sich an den Fenstern Eisblumen bilden.

Eisblumen.

Einmal muss ich hier wieder fort.

Die Bäume vor dem Fenster sind beinahe kahl. Am Morgen flattern die Nebel. Die Bauern pflügen für das Frühjahr. Sie haben noch die gleichen Pflüge wie vor Jahrtausenden. Die Tiere bekommen ein dichteres Fell.

4

Begänne ich ganz von vorn, so müsste ich eine Generation überspringen. Hinabsteigen bis auf den Boden des Schachtes. Die Erde ausheben und nach oben werfen.

Wie bei einem Grabhügel.

Der Friedhof vor dem Dorf hatte eine hohe Mauer.

Warum sperrt man die Toten ein?

Nie käme uns in den Sinn, die Asche der Toten in die Flüsse zu streuen. Es liegt nicht am Flussnetz, dass wir es nicht tun. Wir graben uns ein, verlochen uns.

Ein Leben lang und nachher auch noch.

Ich habe Milton nie gesagt, woher meine Vorfahren stammen.

Das Dorf wurde im sechsten Jahrhundert von den Magyaren niedergebrannt. Es liegt in der Ebene wie ein Pussta-Dorf.

Die roten Ziegelschöpfe der Dächer sind Signal. Neuerdings soll die Strasse durch das Dorf geteert sein. Sie dient nun als Zufahrt zum nahe gelegenen NATO-Flugplatz.

Vom Schutzwall zum fliegenden Schild ...

Die im Krieg eingeschmolzenen Kirchturmglocken seien längst alle wieder ersetzt worden. Das Dorf wachse unter der Eisenbahnbrücke hindurch.

Ich hinke hinter der Zeit her.

Sobald ich entlassen bin, werde ich hinfahren.

Um nachzusehen, ob der alte Bierseidel noch auf dem Schrank in der Stube steht. Seit Jahren nicht mehr benutzt. Verstaubt. Spinnweben über der Öffnung.

Die Schrift um den oberen Kranz: Stolz zu Ross die Cavallerie, auf dem Posten spät und früh.

Darunter: eine Eskadron Dragoner, die Säbel gezogen. Forsch wird zur Attacke geblasen.

Staub wirbelt unter den Hufen der Pferde hoch, wolkt hinauf bis zum geröteten Horizont.

Wer den Krug mit der Linken hebt, sieht die Dragoner Abschied nehmen von der Magd eines Wirtshauses:

Die Trompete ruft zum Scheiden, drum mein Mädchen, lebe wohl.

Wer den Krug mit der rechten Hand hält, kann die Namen der 3. Esk. des 3. Bad.Drag.Regt. Prinz Karl Nr. 22 entziffern.

Über dreissig Namen.

Viele sind nicht zurückgekommen. So mein Grossvater.

Dennoch: Wenn Dragoner attackieren, muss der stärkste Feind verlieren.

Und wenn der Seidel bald leergetrunken ist und steil nach oben gehalten werden muss, um den Rest der Flüssigkeit ins Maul rinnen zu lassen, dann erkennt der siegreiche Trinker das im Boden eingelassene Bild:

Eine Bauernstube, zechende Dragoner um den Tisch. Eine Magd schleppt Krüge herbei.

Wer will da noch behaupten, mein Gedächtnis habe durch die Medikamente gelitten?

Der Bierseidel ist Erinnerung, Erinnerung an ein Bauernhaus im Dorf in der Ebene, die im Sommer verschwand unter dem sirrenden Licht, die erst still wurde nachts, wenn sich die Insekten und Mückenschwärme verzogen hatten.

Ist Erinnerung an eine Dorfstrasse, breit, ungeteert, eingehüllt in Staub, falls einmal ein Auto durchfuhr, was selten genug vorkam. Eine Strasse, die man auch anderswo, in der Weite russischer Steppen etwa, hätte antreffen können, in einem jener Dörfer am Ilmensee wahrscheinlich, wo mein Onkel umkam im Krieg, in jener Nacht, als meine Mutter plötzlich aufschrie und schrie und schrie.

Aber lange kam keine Nachricht, und die Schreie wurden leiser und leiser und waren schliesslich verstummt, als sie eintraf, die Nachricht, im Umschlag mit den blauen Zensurstreifen.

(In Meyers Taschenatlas machten wir ihn, den Ilmensee, endlich mit Hilfe des Schlagwortverzeichnisses ausfindig.)

Da liegt noch irgendwo zum Beweis der Brief mit dem Datum, da ist auch der Atlas, die Karte mit den Koordinaten B 3, und in diesem Feld ist ein kleiner blauer Fleck, der Ilmensee, daneben stehen Namen wie Waldai-Höhe, Demjansk und, darunter, Welikije-Luki. Und da sind auch noch die Effekten, die sie zurückgeschickt haben: ein kleines privates Taschenmesser, die Erkennungsmarke, zwei Briefe, die Armbanduhr. Im Begleitschreiben stand der Satz: Er starb für das Vaterland. Wollte er das?

Ist Erinnerung an den Aushängekasten des Dorfes mit den Eheschliessungen, Todesfällen und sonstigen Bekanntmachungen; darin aber im Jahre 1939 eine Sardinenbüchse angenagelt war, auf deren Boden aus Karton geschnittene Menschlein lagen, die quer über den Bauch als Band die Aufschrift Jude trugen.

Ist Erinnerung an eine Stube, an einen grünen Kachelofen; da sass ich in den Herbstferien, repetierte manchmal französische Vokabeln und lernte die Namen römischer Kaiser auswendig. Am Tag klaubte ich Kartoffelstauden auf dem Feld zusammen, schichtete sie auf und steckte die Haufen in Brand. Mit dem Ochsengespann fuhr ich die Knollen in die Scheune, während zwanzig Kilometer weiter draussen, am Rhein, die Siegfried-Linie gebaut wurde.

Ist Erinnerung an den Friedhof vor dem Dorf, an den kleinen Friedhof mit den schiefen Kreuzen und der weissgetünchten Mauer, die langsam zerfiel, bis sie dann von den Kreuzen gesprengt wurde, von den Kreuzen, davor im Boden keine Toten mehr lagen. Auf dem Holz standen Namen, Namen mit rumänischen, griechischen, ungarischen, französischen, russischen Orten. Die Felder um den Friedhof sind schmaler geworden.

Ist Erinnerung an eine Kirche mit Modergeruch und alten, zum Rad gebeugten Frauen, die stundenlang beteten, an einen Mesner, der mit seinem Stab, woran vorne der Fuss eines Strumpfes angebracht war, Kleingeld heischte und den Strumpf solange nicht vor den Gesichtern wegnahm, bis jeder eine Münze hineingeworfen hatte.

Ist Erinnerung an die Felder mit den Dachsbauten, an die Felder, aus denen die Hitze aufstieg, brühwarmer Dunst, der einen müde und schlapp machte, dass man sich hinlegte ins dürre Gras.

Ist Erinnerung an eine Zeit, die man Jugend nennt, und die sie mir hier austreiben wollen, weil ein erwachsener Mensch andere Gedanken haben muss. Sie wollen nicht wahrhaben, dass sich alles wiederholt.

5

Die Treibjagd hat begonnen. Es ist nicht vergebens Spätherbst. Die Jahreszeit kommt ihnen entgegen. Sie hetzen mich der Lichtung zu. Und wenn ich dann im feuchten Gras stehe, die Bäume als dichtgefügten Ring gegen mich, werden sie vorsichtig lächelnd hervortreten, auf mich zeigen mit wohlwollenden Händen, die ebensogut auch weich in meiner Hand liegen könnten zum Händedruck. Im Chor werden sie mir zurufen: Und jetzt, wie war's mit den Dotterblumen?

Gemalte Blumen riechen nicht.

Sie gehen langsam auf mich zu, nach jedem Schritt krümmen sie sich, machen sie Verbeugungen, Bücklinge, erst der Chefarzt, dann die Assistenzärzte, die beflissen warten, bis ihr Vorgesetzter mit seinem alterssteifen Rücken sich endlich verneigt hat.

Dann pflücken sie von den Dotterblumen, halten sie vors Gesicht, lachen zu den Bäumen hinauf, die Ästheten, hüpfen im Zeitlupentempo einen halben Meter weiter, und wieder stecken sie ein paar Dotterblumen zu den andern, die sie gebündelt haben.

(Ringelringelreihen.)

Langsam färbt sich das Gras mit ihrer Güte, auf die ich angewiesen bin. Denn es stehe nicht gut für mich, sagte der Polizist, damals, vor dem Haus, als sie mich abführten. Alles spreche gegen mich: der Ort, der Tag, die Umstände, meine Verhaltensweise, überhaupt alles, alles.

So reisst einen jeden sein Trieb hin.

Manchmal gehe ich in den Aufenthaltsraum, höre mir Schallplatten an. Wenn es möglich ist, lege ich
I left my heart in San Francisco auf.

Dann blickt mich Yves, der Franzose, wie er sich nennt, jedesmal schief an.

Er sieht aus wie ein Louis.
(Tiger von Eschnapur, Die drei Musketiere, A bout de souffle, Un mort joue au piano)
Yves ist meist im Aufenthaltsraum.
Es sitzt noch Emil dort, Emil, der Gorilla.
Ein Kleiderschrank von einem Mann.
Wer mir zu nah kommt, lege ich um, sagt er. Den ganzen Tag. Und: Wollen deine Zähne Klavier spielen?
Es gibt Tage, wo sich sein Gesicht zur Sarotti-Mohr-Fratze verkrampft.
Ich mag die beiden.
Am meisten freue ich mich, wenn Ruth kommt.
Hin und wieder wirft sie einen Blick in den Aufenthaltsraum.

Es gibt nur eins:
Durch die Mauer kommen.
Durch das Zickzack der Sperren.
Nicht auffallen. Auch nicht durch Unauffälligkeit.

Die Stimmen um mich werden immer lauter, setzen sich in meinem Kopf fest, das Geschrei schwillt an in meinem Kopf, presst gegen den Schädelknochen, drückt von innen gegen die Augen, gegen das Trommelfell, da ist alles voll Stimmen, die nirgends ausbrechen können, gefangen sind in meinem kleinen Kopf, und wenn ich auch den Mund öffne, der Druck auf dem Trommelfell bleibt, das Geschrei stopft meinen Mund zu, lässt die Zunge nur noch lallen, die Bewegungen der Leute werden von Minute zu Minute unbeherrschter, die Arme zucken wie in einem alten Film, wo die Bildkadenz nicht stimmt, die Arme verknäueln sich, der Raum ist ausgefüllt von einer einzigen Laokoon-Gruppe, die Glieder lassen sich nicht mehr unterscheiden, das Auge weigert sich,

Einzelheiten wahrzunehmen, es schmelzen die Leiber zusammen zu einem einzigen Berg, zu einem Auschwitzlagerberg, da löst sich ein heller Fleck aus dem grauen Gebirge, kommt drohend näher und näher, bis er mein Gesichtsfeld füllt —

Sie müssen unbedingt die Medikamente nehmen! Hören Sie, verstehen Sie mich?

Sucht den ruhenden Pol in der Erscheinungen Flucht.

6

Gestern ist Milton vorbeigegangen an meinem Fenster. Aber niemand will es mir glauben.

Er ist gegen die Stadt gegangen, über die Brücke. Unter der Brücke ziehen die Geleise hin in ferne Länder. Die Geleise fächern sich immer mehr auf in alle Richtungen, bis sie ein Schienenfeld bilden. Dann kam die Rangierlokomotive, eine Dampflok, und hat Milton mitgenommen in ihrem Rauch.

Milton hat sich aufgelöst. Aber er lebt noch.

Die Entfernungen sind unüberwindbar.

Auch Ruth lebt noch. Sie eilte von der anderen Seite auf die Brücke. In der Rauchwolke trafen sie sich.

Jetzt habe ich Gewissheit.

Ich streckte die Hände aus und versengte sie am heissen Atem, der aus dem Schornstein quoll.

Ich kann keinen Brief schreiben, solange meine Hände eingebunden sind. Nachher wird es endgültig zu spät sein.

Sie fliegen vorbei wie nächtliche Schatten.

Ich lebe von der Phantasie und überlassenen Erinnerungen.

Träume sind Schäume.

Das Ganze beruht auf Gleichgewicht. Ich muss es entgegennehmen aus den Händen der Ärzte und Schwestern. Ohne Medikamente komme ich der Wahrheit zu nahe. Der Tod kennt im Leben viele Ereignisse. Wenn die Sonne im Mittag steht, ist das Tal ausgeleuchtet. Das sind vielleicht die beruhigendsten Augenblicke. Die Tiefe ist deutlich abzuschätzen.

So vergehen hier die Tage.

Im lauen Atem der Müdigkeit bewegen sich die Bilder nicht mehr.

Die Tage kriechen wie Schnecken durch die Zeit.

Solange sie allerdings meine sogenannte Krankheit behandeln, passiert mir physisch nichts.

Ob ich nachher noch der Hans Kramitsch bin, der ich vorher gewesen bin?

Die Psychopharmaka beeinträchtigen die Empfindsamkeit der Nervenzellen. Da gibt es keine Zweifel. Die Gegenstände zeichnen sich deutlicher ab und manipulieren die Tatbestände. Als wären es nie gewesene Wände, sehe ich manchmal die Welt vor mir. Der Wind wird immerzu von der Hoffnung aufgefressen.

Die Art und Weise, mich zu bewegen, sei nahezu wieder normal.

Es geht wahrscheinlich noch um den Rorschach- und den Szondytest.
Erst stehen die Mäuse auf, dann die Katzen und erst zum Schluss die Ratten. Gegen die Ratten sind wir machtlos.

Vielleicht ist der Tod eine Linderungsform von Sterben.

Denken Sie nicht zuviel nach, blicken Sie in die Zukunft, hat mir der Arzt auf der letzten Visite gesagt.

Ich spüre einen Luftzug im Nacken.

Das ist Ruth. Sie legt zwei gespitzte Bleistifte auf den Tisch.

Damit Sie nicht mittendrin unterbrechen müssen, sagt sie.

Sie blickt auf mein Gekritzel mit einer Sorgenfalte zwischen den Augenbrauen.

Sie sind schon lange bei uns, sagt sie jetzt.
Beinahe ein Jahr.
(Wenn die Kraniche ziehen.)

Ich möchte ihr etwas Nettes sagen, aber es ist schwer, eine Rose zu formen.

Ich denke oft an Ruth. Nachts, wenn ich wachliege und mein Geschlecht sich rührt.

Sie kommt leise herein, vor meinem Bett stehend sagt sie:
In einer Heilanstalt wird nicht begattet.
Dann stellt sie einen Fuss auf mein Geschlecht und lacht.
Ihr seid doch alle gleich, sagt sie. Mit dir hätte ich Mitleid.
Sie hat für ihre Grösse einen kleinen Fuss.
Beeil dich, glaubst du, ich kann lange so stehen, sagte sie das letzte Mal.
Ihre Ferse liegt zwischen meinen Beinen. Ruth riecht nach Seife. Vielleicht gäbe ich nicht nach, wenn mir vor ihr ekelte.

In den Nächten, in denen Ruth da war, kommen keine Falken. Ich schlafe ruhig bis zum Morgen durch. Am folgenden Tag spendet mir der Arzt jeweilen Lob über meine gesundheitlichen Fortschritte.
Das kommt schon wieder in Ordnung, sagt er.
(Bier, Marke Seelenbräu.)

Gestern nacht war Ruth wieder da. Aber ich war zu müde. Als sie ihren Fuss auf mein Glied legte, blieb alles schlaff.
Bist du denn kein Mann mehr? fragte sie.
Darauf lachte sie, immer lauter und lauter und lauter.
Sei doch still! rief ich.
Sei doch still! Still!
Still!
Stille.

7

Am Sonntag spielte im Park ein Orchester.
Wie ich diese Marienbader Stimmung hasse!
Da sassen sie, die glatzköpfigen Rentner, sassen in den modernen Kunststoffstühlen, kamen mit deren Rundungen nicht zurecht, rutschten hin und her, bis sie endlich ihre rheumatischen Glieder so gestellt hatten, dass sie nicht mehr schmerzten. Dann fiel einem der Gehstock auf den Boden, glitt von der Lehne des Stuhles, der eigentlich gar keine Lehne hatte, sondern einer flachen Schale glich mit einer sanft geschwungenen, breiten Kante. Und der Stock musste wieder aufgehoben werden, der steife Arm reckte sich ruckweise nach vorn, die unsichere Hand tastete gegen den Stock, es fehlten noch ein paar Zentimeter, der gerötete Kopf des Mannes schob sich weiter vor, bis er mit der Stirn die Rückseite des Vorderstuhles berührte.

Die zittrigen Finger erwischten endlich den Stock, zogen ihn auf dem Kies näher, umklammerten ihn schliesslich.

Die Frauen hielten die Köpfe schräg nach oben, so dass die Kinnfalten gestrafft waren.

Wenn der weisse Flieder wieder blüht.

Und weiter mit Bizet, Lehar, Strauss, Linke, Stolz.

Die Köpfe der Greise wackelten auf den dürren Hälsen.

Das Orchester spielte in die blasse Leere eines sonst stillen, verspäteten Herbsttages.

Vor Beginn und am Schluss des Konzertes verteilte Harichs Jugendgruppe Flugblätter.

Gestern sagte Emil, der Gorilla, zu mir:
Sie blasen die Angst auf wie einen Luftballon. Und wenn du glaubst, dich darunter verstecken zu können, stechen sie hinein, dass er platzt. Dann sagen sie, dass deine Angst unbegründet gewesen sei.

Ja, so ist das.
Möglicherweise.
Es ist schwer, dies alles zu beurteilen. Ich habe keine Gelegenheit zu Vergleichen. Wir sind drinnen und die andern draussen.
(Schnitt.)
Ich sagte zum Gorilla:
Wie schön wäre es, wieder einmal Auto zu fahren. Über eine Wiese holpern und mit den Reifen Dotterblumen zerquetschen.
Matschiges Gelb und Grün.
Er hat mir beigepflichtet.

In letzter Zeit muss ich viel geschrieben haben.
Ein ganzer Stoss bekritzeltes Papier liegt auf dem Tisch. Ich habe mich erneut dem Haus genähert. Angepirscht. Schön ducken, auf den Ellbogen robben, Arsch tief halten. Auf der Terrasse steht der Hausmeister, als hätte sich nichts geändert. Die Hände in die Hüften gestemmt. Der alte Schlapphut beschattet sein Gesicht. Die Haustür quietscht immer noch. Wer schmiert denn mal endlich Fett an die Angeldorne? Im Flur kehre ich um, lehne behutsam die Tür an. Ich zähle auch die Fenster, die Zahl stimmt. Also ist kein Grund zur Beunruhigung. An der Klingel steht anstelle des Namens Hans Kramitsch nunmehr Egon Barth. Mit th. Es war zu erwarten, dass die Wohnung nach meiner Ausquartierung bald wieder belegt würde.

Zum besseren Verständnis für die Ärzte zeichnete ich das Haus auf. Grundriss. Aufriss. Dann noch frei ohne architektonischen Zwang.

Ruth sagte, als sie es sich ansah: Ja, das ist es. Darin haben Sie gewohnt.

Also muss doch etwas Wahres an der Geschichte sein.

Sozusagen als Test sagte ich: Und da vorne, wobei ich mit dem Finger auf dem Papier die

Richtung angab, ist eine Stopstrasse.
    Wie gut Sie das noch wissen, sagte Ruth und lächelte.

8

Ich weiss, dass ich noch nichts über die Hypothesen geschrieben habe. Über das eigentliche Motiv meiner Tat, meines Deliktes. Es ist etwas vom Schwierigsten, Versatzstücke zu einem Bild zusammenzufügen. Die Versuchung zum reinen Versteckspiel ist gross. Aber ich muss diese Arbeit noch erledigen, solange ich hier drinnen bin. Nachher ist die Wirklichkeit zu stark und wird alles überblenden.

Ich möchte dabei das Wort Hypothese als Annahme übersetzt wissen und nicht als Unterstellung oder Voraussetzung. Schon oft genug bin ich falsch verstanden worden.

Doch jedesmal, wenn ich ansetze zu dieser Erklärung, fühle ich, dass ich dazu nicht imstande bin. Auch jetzt nicht.

Ruth wird von einer anderen Ruth verdeckt. Milton wird von Bruno verdeckt, Bruno von Albert und Albert schliesslich von Charles. Und übermächtig Harich, drohend mit dem Finger eines Riesen. Rübezahl.

Ich stehe im Schatten aller.

Wenn jemand nach meiner Entlassung zu mir sagt: Sie haben sich nicht verändert, Kramitsch, so heisst das, dass ich bald wieder in der Anstalt sitze.

Sagt aber jemand zu mir: Sie haben sich verändert, Kramitsch, dann bedeutet dies, dass ich nicht mehr der Hans Kramitsch bin, den ich kenne.

(Die längste Verbindung zwischen zwei Orten ist eine unbekannte Wegabkürzung.)

Nur anhand meines Passes, wenn ich ihn wiederbekomme, wird festzustellen sein, welche Person ich bin.

Im gequetschten Chrom einer Radkappe ist ein Gesicht nicht wiederzuerkennen. Wenn die Sonne Harichs über der Stadt kniet, werde ich noch meines Schattendaseins froh sein.

Gestern holten sie die Blätter. Die letzten dreissig Seiten. Der Chefarzt raffte sie ohne vorherige Ankündigung auf dem Tisch zusammen und klopfte das Bündel einige Male auf die Platte, damit kein Blatt mehr vorstand. Dann umfasste er den Stoss mit der linken Hand und blätterte darin, indem er den Daumen der rechten Hand über die Blattränder abgleiten liess. Zwischendurch hielt er inne, drückte den Daumen auf eine beliebige Seite und sagte: Da, sehen Sie, hier wieder.

Die Assistenten standen um ihn herum.

Als er bald zum letzten Blatt kam, so dass das Blättern erschwert wurde und einige Seiten zusammen umschlugen, drehte er mir den Rükken zu, worauf er mit dem Gesicht gegen die Tür stand. Die Assistenten glaubten an Aufbruch und bewegten sich, in der Mitte eine Gasse offen haltend, auf die Tür zu. Der Chefarzt aber blieb stehen, wartete, bis sich wieder eine halbkreisförmige Gruppe um ihn gebildet hatte, blätterte darauf erneut in meinen Notizen, ohne jedoch hineinzusehen, diesmal, und begann eine längere Erklärung, deren Sinn ich wegen der vielen Fachausdrücke nicht oder nur bruchstückhaft begriff. Einzig der Schluss war auch für mich verständlich.

Ich sehe ihn jetzt noch vor mir, den kahlen Schädel mit der Mulde am Hinterkopf, in der sich der Schatten des Lichtes verfing, ich höre heute noch die Stimme, wie sie sagte:

Zusammenfassend kann man festhalten, dass sich in der ungewöhnlichen Fülle der Satzzeichen und ihrer teils treffenden, teils inadäquaten Anwendung eine formalistische Tendenz offenbart. Eigentümlich sind auch die Parenthesen. Meist wird damit Emotionell-Expressives eingeklammert, wodurch versucht wird, Gefühle einzudämmen. Mit der steigenden inneren Erregung gerät der Vorstellungsablauf und

dessen sprachli Unordnung.
Die Satzzeichen sind Elemente der Ordnung,
die den brodelnden Fluss der Gedanken in
Schranken weisen sollen. Was nicht gelingt.
Ebenso auffallend ist die Vorliebe für Zitate:
wiederum ein Vexierspiel; diesmal ein Zurück-
weichen vor dem eigenen Ich. Kramitsch versteckt sich hinter der Person eines andern, mit
dessen Zunge etwas gesagt wird, was der Patient
offenbar nicht selbst auszusprechen wagt. Das
rein Sprachliche lässt hier ziemlich genaue Rück-
schlüsse auf das Leben des Patienten zu. Eine
nach aussen hin geregelte, ja geradezu monotone
Tätigkeit wird scheinbar — ich sage bewusst
scheinbar — unterbrochen durch Handlungen,
die für einen Aussenstehenden vollständig un-
erklärlich sind. Phasen der Erregbarkeit wechseln
mit Perioden der Ruhe, des dumpfen Dahin-
treibens. Es bleibt allerdings die Frage, ob dem
allem eine tatsächliche Krankheit, eine psychi-
sche Störung zugrunde liegt oder aber eine
raffinierte Täuschung, was ich in diesem spe-
ziellen Fall nicht ausschliessen möchte.

 Ego te absolvo. Keiner, niemand wird mich
lossprechen.
 Weder Bruno, noch Albert, noch Charles.
Auch Ruth nicht.
 Milton? Mag sein.
 Hans Kramitsch tat nicht sein Bestes für
Vaterland, Gott und Kaiser. Er weigerte sich,
Harich so zu sehen, wie ihn die meisten sahen.
Er stellte den Ansichten seine Ansicht gegenüber.
 Todsünde.
 Dafür wirst du büssen.
 Im Fegefeuer der Gnade.
 Hans Kramitsch, es gibt nur eines, dem zu
entkommen: die Flucht, die ständige, stete,
immerwährende Flucht.
 Milton hat es erfahren.

Im Frühjahr werden die Bäume wieder blühen in den Anlagen der Stadt.
Der Knecht singt gern ein Freiheitslied des Abends in der Schenke.
Nein, wir haben Milton nicht verstanden. Auch du nicht, Hans Kramitsch. Auch Ruth nicht.
Es hat keinen Sinn, Milton zu schreiben. Er hat keinen festen Wohnsitz.
Wer nachdenkt, muss sich zu den Gehetzten schlagen.
Ruth ist freizusprechen.
Ego te absolvo.
Wir haben Milton ausgestossen und uns damit ausgeschlossen.
Ahasver, ein Schuhmacher aus Jerusalem.
Er allein findet mühelos von Boston nach Wien über Kyoto und Wladiwostok und Narvik nach Rejkjavik und Paris und Barcelona und von dort nach Haifa und wieder nach Boston und Lima und zurück nach Feuerland und Grönland und London und Rotterdam und Wien.
Irgendwo steht da capo.
(Aus dem Netz der Längen- und Breitengrade gibt es kein Entweichen.)
Die Klammer ist ein mathematisches oder orthographisches Zeichen. Oder ein Folterinstrument.
Das Leben ist ein hartnäckiger Verfolger.
Ich fürchte mich vor den Augen der Leute draussen.
So stehe ich auf und schreite das Zimmer der Länge nach ab, die Augen auf den Boden gerichtet.
Vier auf drei Meter.
Die Klinik wird von den eingeweihten 'Bau' genannt.
Das Fenster mit den hohen, schmalbrüstigen Scheiben gibt keinen Blick frei auf

den Zufahrtsweg. Der vorkragende Risalit des
Mitteltraktes versperrt die Sicht.
 Aus dem Aufenthaltsraum dringt Lachen:
grelles, lautes, unbeherrschtes, zügelloses, verzweifeltes Lachen.
 Ich reibe die Hände an der Hose trocken.

    Schritte. Kurze, hastige Schritte, unbekannte Kadenz.
 Sie kommen den Flur entlang auf meine
Tür zu.
 Ich starre auf die Klinke und beobachte,
wie sie nach unten gedrückt wird.

    Extra muros.
 Lauwarmer Föhnwind umspielt meinen
Mantel.
 Ich vergleiche die Zeit meiner Armbanduhr
mit der Zeit der Normaluhr am Giebel der Klinik.
 Trapezunt habe ich mir anders vorgestellt.
 Miltons paradise lost?

Diese Arbeit wurde mit einem Beitrag der Literaturkommission Baselland unterstützt, wofür der Autor dankt.

Reihe litprint

99	Werner Schnidli Margots Leiden Erzählung Mit Illustrationen von TRUK	SFR./DM 4.80
98	Heinrich Wiesner Rico Ein Fall Mit 3 Zeichnungen von Gustav Stettler	SFR./DM 4.80
97	Kurt Marti Heil-Vetia Etwas wie ein Gedicht Mit 4 Illustrationen von Ernst Mattiello	SFR./DM 4.80
96	Christoph Geiser Mitteilung an Mitgefangene Mit 4 Illustrationen von Ernst Mattiello	SFR./DM 6.80
95	Gabriele Wohmann Die Gäste Hörspiel Mit 6 Illustrationen von Jürgen von Tomei	SFR./DM 5.80
94	Rene Regenass Wir haben das Pulver nicht erfunden, uns gehören nur die Fabriken Mit einem Frontispiz von TRUK	SFR./DM 5.80
93	Dicklio und Dünnlio Hrsg. Jürg Robert Tanner Comic Strip gezeichnet von Kindern	SFR./DM 12.80
92	Werner Schmidli Mir hört keiner zu Auseinandersetzungen Mit einem Frontispiz von TRUK	SFR./DM 4.80
91	Heinrich Wiesner Notennot Schulgeschichten Mit Fotos von Martin Heimann	SFR./DM 9.80
90	Heinrich Henkel Spiele um Geld Ein Stück	SFR./DM 6.80
89	Jörg Steiner Der Schwarze Kasten Gedichte Mit einem Nachwort von Kurt Marti	SFR./DM 5.80
88	Stuart Friebert Die Prokuristen kommen Gedichte	SFR./DM 5.80
87	Peter Lehner Was ist Das Zerzählung Mit Illustrationen von Pole (Paul) Lehmann	SFR./DM 14.80

86	Walter Vogt Spiele der Macht Ein Stück Mit Fotos von Heinrich Gretler und Rene Deltgen	SFR./DM 8.80
85	Christoph Geiser Hier steht alles unter Denkmalschutz Erzählungen Mit Illustrationen von Erich Münch	SFR./DM 9.80
84	Hansruedi Imhof Herr Fähnrich hat den Stadtmist unter sich 85 Geschichten	SFR./DM 9.80
83	René Regenass Wer Wahlplakate beschmiert, beschädigt fremdes Eigentum Roman	ca. SFR./DM 16.80
82	Peter Lehner Wehrmännchens Abschied Gedichte Mit Illustrationen von Ernst Mattiello	ca. SFR./DM 9.80
81	Fritz H. Dinkelmann Wie man einen Blitz ableitet Texte	ca. SFR./DM 9.80
80	Ueli Kaufmann Der Faschismus ist eine alte Sache Heimatgedichte	ca. SFR./DM 9.80
79	Adolf Muschg High Fidelity oder ein Silberblick Szenario	ca. SFR./DM 12.80
78	Werner Schmidli Gebet eines Kindes vor dem Spielen Gedichte 2. erweiterte Auflage	ca. SFR./DM 12.80
77	Christoph Geiser Warnung für Tiefflieger Gedichte und Erzählungen	ca. SFR./DM 9.80
76	Martin A. Fromer In jenem Schliessfach wohnen wir Kurzprosa und Gedichte	ca. SFR./DM 9.80

Reihe politprint

1	Jean Villain Das Geschäft mit den vier Wänden Ein Bericht	ca. SFR./DM 9.80

Lenos Presse Basel